똑똑한 손자와 팔불출 할아버지

똑똑한 손자와 팔불출 할아버지

초판 1쇄 인쇄일 2015년 11월 16일
초판 1쇄 발행일 2015년 11월 20일

지은이 홍성열
펴낸이 양옥매
디자인 이윤경
교　정 조준경

펴낸곳 도서출판 책과나무
출판등록 제2012-000376
주소 서울특별시 마포구 월드컵북로 44길 37 천지빌딩 3층
대표전화 02.372.1537　**팩스** 02.372.1538
이메일 booknamu2007@naver.com
홈페이지 www.booknamu.com
ISBN 979-11-5776-117-3(03810)

이 도서의 국립중앙도서관 출판시도서목록(CIP)은 서지정보유통지원 시스템
홈페이지(http://seoji.nl.go.kr)와 국가자료공동목록시스템
(http://www.nl.go.kr/kolisnet)에서 이용하실 수 있습니다.
(CIP제어번호 : CIP2015030601)

똑똑한 손자와 팔불출 할아버지

홍성열 지음

책나무

희수(喜壽)를 맞은 지금까지 나는 정말 평탄하게 평범한 삶을 살아온 것 같다. 남 앞에 이렇다 하고 자랑할 만한 일도 하지 못했고, 뭐 뚜렷하게 내세울 만한 일도 없었다.

그렇다고 남에게 손가락질받을 일도 하지 않았다. 허황된 욕심을 부리지 않았고, 일이 마음같이 되지 않는다고 크게 낙담하거나 좌절한 적도 없었다. 주어진 여건에 순응하면서 현실에 만족하려 노력했다.

지금껏 험한 꼴 한 번 보지 않았고 우리 내외 건강하며 자식 삼형제 또한 평화롭고 행복하게 가족들 이끌며 잘살고 있으니, 내 무엇을 더 바라리.

교직에서 명예퇴직을 한 후 서울 생활을 접고 귀촌한 지도 이제 어언 10여 년이 지났다. 그리고 지금, 텃밭지기를 자처하며 유유자적 전원생활로 말년을 즐겁게 보내고 있었다. 아내도 대만족이었다. 이대로 한유(閒遊)를 즐기며 여생을 마치리.

이렇게 잔잔하고 여유롭고 평화스러웠던 내 생에 어느 날, 갑자기 휘몰아친 폭풍우는 도저히 내가 감당할 수 없으리만큼 혹독하기만 했으니 생때같던 막내아들이 폐암 선고를 받고는 정신을 수습할 겨를도 없이 훌쩍 우리 곁을 떠나고 만 것이다. 이것이 꿈인지 생시인지 나는 도저히 믿을 수가 없었다. 아니, 믿고 싶지 않았다.

어찌 이런 일이 있을 수 있단 말인가! 참척의 참담함, 끔찍함. 모든 일이 뒤죽박죽, 사는 게 사는 것이 아니었다. 이런 고난이 내 앞에 닥치리라 꿈엔들 상상이나 했을까.

참혹한 몰골의 막내가 고개를 푹 숙이고 앉아 있던 모습이 떠오를 때면 나는 정말 미칠 것만 같았다. 세상이 원망스러웠고, 누군가에게 포악(暴惡)을 부리기도 했고, 무엇인가를 저주하기도 했다. 세상만사 다 귀찮고 모든 걸 다 포기하고 싶었다. 하지만 어쩌랴. 그것이 다 하나님의 뜻이라니…….

자식이 죽으면 가슴에 묻는다고 했다.

시도 때도 없이 찔끔거리는 아내 보기가 정말 괴롭다. 시간이 약이라고 시간이 지나면 잊을 것이라고 말들을 하더라만 어림없는 소리 같다. 아내가 눈물을 보일 때면 내 가슴도 찢어지는 듯 아프다. 이제 제발 좀 그만하라고 짜증을 낸다. 얼마나 야속할까? 얼마나 모질고 매정하다고 생각할까?

그렇게 건강하고 생기 넘치던 아내가 폭삭 늙어 보인다. '나쁜 놈. 불효막심한 놈. 무엇이 그리 급해서 먼저 훌쩍 떠나 이 지경을 만드나!' 나는 불쌍한 죽은 놈 원망을 또 한다.

똑똑한 손자와 팔불출 할아버지

이러면 안 된다. 이렇게 맥을 놓고 모든 것을 포기한 듯한 그런 모습을 보여선 안 된다. 하루빨리 아내가 기운을 차리고 다시 밭에 나가 풀을 뽑고 채소를 돌보며 슬픔을 잊을 수 있게 해야 한다.

오래전부터 심심할 때마다 끄적인 글들. 여기저기 지면을 어지럽혔던 글들을 한데 모아 책을 내기로 했다. 부끄럽기도 하고 용기도 필요했다. 생전에 막내아들이 한 말도 생각했다. "아버지 막내며느리하고 공동 수필집 한번 내시죠." 막내며느리는 글을 재미있게 잘 썼다. 교민 잡지에 연재도 하곤 했었다.

공동 수필집은 아니지만 막내가 살아있을 때 이런 일을 했다면 하는 아쉬움이 남는다.

책이 되기까지 여러 가지로 꼼꼼히 보살펴주신 '책과 나무' 출판사 여러분께 진심으로 감사의 말씀 드린다.

2015년 11월
홍성열

| 차례 |

3장

야, 너 이제 운전하지 마라

4장

손자들이 오면 반갑고 가면 더 반갑다 하더라만

1장

시골 부자는
일 부자

시골 부자는
일 부자

　비로 쓴 듯 가난하기만 하던 집안. 농사지을 논 한 다랑이 채소 가꿀 밭 한 뙈기 없는 그런 집안이었다고 한다.

　일곱 살 된 아들, 세 살 된 딸. 이렇게 남매를 두고 할아버지는 훌쩍 떠나셨다고 했다. 졸지에 청상(靑孀)이 된 할머니는 앞이 깜깜할 뿐이더라고 했다. 살아갈 틈새가 조금도 보이지 않더라고 했다. 저 애물단지 어린 남매만 아니었어도…….

　할아버지가 떠나신 지 보름 만에 가까스로 몸을 추스르고 일어나신 할머니는 참 독하게 마음을 다잡았고, 그때부터 혀를 깨무는 고생살이가 시작되었다고 했다.

　처음 시작한 게 방물장수. 광주리를 이고 이 마을 저 마을 헤집고 다니는 것이 실은 물건을 팔기보다는 일거리를 찾아서였다고 했다.

　똑똑한 손자와 팔불출 할아버지

어느 집이건 일거리만 있으면 몸을 사리지 않고 해 주고, 보리쌀이며 부식 거리를 얻어다 살림을 꾸려가는 억척.

그런 중에도 양달말 박 박사네 안팎일을 할머니는 맡아 놓고 하셨단다. 하녀도 그런 하녀가 있을까? 시키는 일뿐 아니라 할머니가 직접 찾아서 일을 만들어 하셨다고 했다. 심성 고운 젊은 아낙의 하는 양을 처음부터 지켜보던 그 집 마님은 끝내는 할머니에게 마음을 빼앗겼다고 했다. 지성이면 감천이라 했던가?

"박복한 것, 어찌 살아갈 거나."

마님은 남편에게 농사지을 땅을 좀 주자고 간청했다(박 박사네는 마름 집이었단다). 마뜩잖게 여기던 박 박사도 마님의 끈질긴 설득도 설득이려니와 무엇보다도 할머니의 하는 양이 한결같음에 마음이 움직여 물 건너 세 마지기를 선뜻 도지로 주었단다.

아! 논 세 마지기를 얻은 그때의 그 마음. 세상이 온통 내 것 같고 부러울 게 없더라고 했다. 논을 거저 주었다고 한들 이보다 더 기쁠 수 있을까?

남들보다 한 톨이라도 수확을 더 올리기 위해 할머니는 정말 온 정성을 다 쏟았다. 아무리 여자 몸이라도 논 세 마지기 농사는 식은 죽 먹기였다. 장사를 다니는 틈틈이 돌보는 논이련만 벼 포기는 다른 논의 몇 배나 탐스럽게 잘 자랐다. 그리하여 다음 해에는 또 세 마지기를 더 얻을 수 있었단다.

몇 년 사이에 부쩍 자란 아버지는 농사일을 단단히 한몫해내셨다고 했다. 안 먹고 안 쓰고 세 식구가 억척으로 일만 하는 집안은 정말 불같이 일더라고 했다. 아버지가 열세 살 되던 해에는 자신의 땅도 조금(아주 조금이라고 했다) 장만할 수 있었단다.

내가 초등학교 다닐 때만 해도 우리 집은 궁상이 뚝뚝 흐르던 청상 과부가 어린 남매를 데리고 대책 없이 살아가던 집은 물론 아니었다. 땅도 꽤 많이 장만했으므로 먹고사는 것은 문제가 되지 않았다.

일취월장 살림은 나날이 불어만 갔다. 친구들이 새까만 꽁보리밥 을 먹을 때 나는 흰 쌀밥을 먹으면서 복에 겨워 그들이 먹는 보리밥 을 얼마나 먹고 싶어 했는지 모른다.

친하던 친구 집엘 가면 나는 가끔 그 집 밥 먹는 광경을 대할 수 있 었는데, 정말 쌀 한 톨 섞이지 않은 새까만 꽁보리밥에 반찬이라고는 소금에 고춧가루를 섞은 것이 전부. 나는 그것이 얼마나 먹고 싶던지 집에 와서 그것을 해 달래서 먹어 보기까지 했다.

그렇다고 내가 호의호식했다거나 남들이 부러워할 만한 어린 시절 을 보낸 것은 결코 아니다. 쌀밥을 배불리 먹을 수 있었다는 것 외에 나는 남들보다 하나도 나은 것이 없었다. 오히려 같은 또래 친구들보 다 몇 배 더 집안일을 도와야 했고, 이로 인해 자유를 속박당하는 불 만스런 어린 시절을 보냈으니 말이다.

정말이지 나는 공부하라는 소리를 들어 본 적이 없다. 그 대신 일 하라는 소리는 지겹게 들으며 자랐다. 일하는 것이 즐겁기만 하고 일 을 하면 그만큼 살림이 불어나고……. 어쨌든 일밖에 모르는 식구들 이었다. 끝이 있는 것도 아니고, 하면 할수록 늘어만 가는 것이 농사 일. '시골 부자는 일 부자'란 말도 있지 않던가!

할머니, 아버지께서는 어린 나까지도 당신들처럼 집안일에 열심이

똑똑한 손자와 팔불출 할아버지

기를 기대한 것 같다. 해서 나를 당신들 일터로 끌어내면서도 추호의 망설임이나 애석해 함도 없었던 것 같다. 하긴 그만큼 손이 모자라기도 했겠지만.

나는 그게 제일 싫었다. 다른 친구들은 우리만도 형편이 못한, 아니 어림없는 그런 집 애들까지도 냇가로 들판으로 마음껏 뛰어다니며 노는 판인데, 나는 학교가 끝나고 집에 오기 무섭게 어른들이 하시는 일을 거들어야 했다. 해서 어린 나이지만 나는 정말 안 해 본 일 없이 다 해 봤다. 모도 심고, 벼도 베고, 김도 메고, 깨도 털고, 콩도 뽑고, 물도 푸고, 쇠꼴도 베고…….

그때는 웬만한 일은 다 식구끼리 해결하던 때였으니까. 나는 아버지를 얼마나 원망했는지 모른다. 또 할머니는 얼마나 야속하기만 하던지.

한여름. 읍내에 백중장이 선다나? 마침 일요일이겠다, 친구들은 아침 일찍부터 백중장을 구경 간다고 도시락까지 싸가지고 몰려가는데, 나는 식구들끼리 하는 무슨 일을 도와야 한다는 아버지의 한마디에 입도 뻥긋 못하고 집 모퉁이에서 훌쩍거리던 어린 시절. 해서 나는 또래들에게 따돌림도 여러 번 당했다.

우리 할머니와 아버지는 참 무서운 분들이셨다. 술, 담배는 입에 대시지도 않았다. 어쩌다 장에 가셔도 아무리 늦는 때라도 장국밥 한 그릇을 사 잡숫지 않는 분들이셨다. 생선 꽁댕이 하나 사 들고 오시지 않는 그런 분들이셨다. 모전자전, 그 어머니에 그 아들이었다.

이제 어디다 내놓아도 빠지지 않을 튼실한 농군. 전답은 해마다 늘어만 갔다. 논 한 섬지기(4,000평)가 부자라고 하던 시절. 우리는 몇 섬지기 전장(田莊)을 지닌 집으로 변해 있었다. 지금처럼 기계화되지도 않았던 시절, 머슴이 둘씩 가을철엔 셋씩 된 적도 있었다.

장롱 속에는 각종 상장이며 표창장도 쌓여만 갔다. 면장, 군수상은 저 아래, 도지사, 농림부 장관, 국회의장 상장도 있었다. 모범농가 표창, 다수확 상장, 독농가 표창…….

남들은 듣기 좋은 말로 우리 집을 부자라고 했다. 하지만 나는 초등학교를 졸업할 때까지 번듯하게 운동화 한번 신어 본 기억이 없다. 달라진 것이라곤 아무것도 없었다. 아니, 일이 전보다 더 많아진 것 외에는.

첫 직장

1950년대에는 우리 고향에서 대학에 들어갔다 하면 보통 자랑거리가 아니었다. 그때는 대학이 오늘날같이 많지 않을 때니까 아무 대학이건 대학에만 들어갔다 하면 인근 마을까지, 아니 온 면내에 소문이 좍 퍼져서 화제의 대상이 됐다. 한데 서울대, 고대, 연대와 같은 명문대에 들어갔다 하면, 이건 정말 이만저만 자랑거리가 아니었다.

그 시절, 그러니까 1957년, 나는 고려대학교에 입학했다. 물론 나도 화제의 대상이었고 선망의 대상이었다. 농촌에서 감당하기 어려운 학비를 아버지는 기꺼이 대 주셨다. 졸업만 하면 출세가 보장되고 떼돈을 벌 수 있을 거라 기대도 하셨다. 해서 일이 힘든 줄도, 돈이 아까운 줄도 모르셨다.

나는 대학교를 졸업하고 군대엘 갔다 왔다. 여기저기서 혼담이 끊이지 않았다. 그중에는 물량공세를 펴는 사람도 있었다. 딸 앞으로 서울에 집도 한 채 있다는 식으로.

얼결에 결혼도 했다. 이제 할 건 다 했는데 취직이 문제였다. 문과대를 졸업한 사람의 취업문은 예나 지금이나 다름없이 좁기만 했다. 모 신문사 기자 시험에 응시했다가 보기 좋게 낙방. 이제 어디 응시할 곳도 없고 막막했다.

문학을 하겠다는 건 헛된 꿈에 불과했다. 오죽했으면 할머니께서 선망의 대상이었던 내게 집에서 돈을 갖다 써도 좋으니 어디고 취직이나 했으면 좋겠다고 하셨을까. 할머니가 그랬으니, 당사자인 나는 어땠을까?

'대학까지 나온 놈이 집에서 빈둥빈둥 놀다니 저럴 거면 대학은 왜 보내누.'

주위 사람들이 이러며 손가락질을 하는 것만 같았다. 그들의 시선이 따갑게만 느껴졌다. 식구들 대하기도 민망했다.

취직을 핑계 삼아 우선 서울에 가 자취방이라도 하나 얻어 놓고 어디건 취직자리를 알아보는 것이 어떨까? 나는 우선 집을, 마을을, 고향을 하루바삐 떠나고 싶었다.

그렇게 절박한 처지에서 끔찍한 하루하루를 보내고 있던 어느 날. 마침 대학 선배 되는 분이 고향 여학교에 추천을 해 주었다. 고향의 유일한 여학교. 설립자 겸 교장이 선배의 장인이었다.

교장 선생님을 찾아뵈라는 선배의 말을 듣기가 무섭게 나는 즉시 달려갔다. 그게 1965년 3월 5일이었다. 교장실로 찾아간 나를 보고

똑똑한 손자와 팔불출 할아버지

는 "음, 왔나? 이야기 들었어." 하더니 교감과 서무주임을 부르는 것이었다. 서무주임에게는 필요한 서류를 챙기라고 이르고, 교감 선생님에게는 새로 부임한 국어 선생님이라고 인사를 시키는 것이었다.

나는 교감 선생님을 따라 교무실로 갔다. 교감 선생님은 교무주임 선생님에게 시간표를 알려 드리고, 교과서 등 내일부터 수업을 할 수 있도록 조치를 취하라고 했다. 이렇게 얼떨결에 나는 부임하게 되었고, 다음 날부터 수업을 하기 위해 시간표와 교과서를 받아들고 학교를 나왔다.

다음 날 직원회의에서 나는 선생님들에게만 소개되고 우선 수업부터 했다. 다음 주 월요일에야 운동장 조회에서 전교 학생들에게 부임 인사를 할 수 있었다.

그런데 이 학교는 미션 계통의 학교였다. 설립자이신 교장 선생님은 목사이시고 다른 모든 선생님들은 독실한 기독교 신자들이라는 것이다.

신자냐 아니냐가 교사 채용의 중요 요건이라는데 신자가 아닌 내가 어떻게 채용되었을까? 그건 아마 신자가 아닌 사람을 누가 감히 추천했으리라고는 어느 누구도 상상조차 하지 않았기 때문인 것 같았다. 해서 나는 실상과는 관계없이 독실한 신자로 취급되었던 것 같다.

사실 나는 어렸을 때 크리스마스 같은 때나 어쩌다 교회에 가 보았을 뿐 믿음을 위해, 예배를 보기 위해 교회에 간 적은 없었다. 해서 교회란 내게는 낯설고 어색하기 짝이 없는 곳에 불과했다.

역시나 출근하는 첫날부터 고행이 시작되었다. 신자가 아니면서 겉으로 신자인 척하는 것이 얼마나 어렵고 괴로운 일인지 나는 절감했다.

이 학교에서는 아침 직원조회를 예배로 시작했다. 매일 예배를 인도하는 선생님 순번이 짜여 있어서 그날 순번인 선생님이 일어나서 "○월 ○일 ○요일 아침 예배를 시작하겠습니다. 찬송가 125장 다 같이 부르시겠습니다." 하면, 다 같이 찬송가를 부른다. 그리고 찬송가가 끝나면 "성경 말씀은 마태복음 제7장 7절부터 10절까지 봉독하겠습니다." 하고 성경을 봉독한다. 그리고 마지막으로 "다 같이 기도하겠습니다." 하고 기도를 시작한다.

"아버지 하나님! 오늘도 새로운 하루를 시작하기 위해 우리들 한자리에 모여 아버지 하나님께 경건한 마음으로 기도를 드립니다. 만물이 생동하는 봄, 우리들 모두에게 희망과 용기가 충만하게 하여 주시옵소서. 학생들을 지도하는 우리 선생님들께 지혜와 능력을 주시옵고 사랑스런 우리 학생들 모두에게 하나님의 은혜를 베풀어 주시옵소서. 우리들이 하는 모든 일이 하나님의 뜻 안에서 이루어질 수 있도록 역사하여 주시옵소서. 예수그리스도의 이름으로 간절히 기도하옵나이다. 아멘."

이런 절차가 끝나고 나서야 비로소 직원회의가 시작되는 것이다.

학교에서는 처음 한 달 동안 나를 예배순서에서 빼 줬다. 나만 그런 건 물론 아니고, 처음 부임하는 사람은 다 그렇게 하는 것이 관례였다.

똑똑한 손자와 팔불출 할아버지

한데 그 기도라는 것이 그렇게 녹록한 게 아니었다. 내가 그런 것에 익숙하지 않고 어려워하는 것을 눈치챈 선배 선생님 한 분이 친절하게 귀띔을 해 주었다. 뭐 그렇게 어렵게 생각하지 말고 기도문을 써서 책상 서랍에 넣고 서랍을 조금 빼고 보고 읽으면 된다는 것이다. 누구나 처음에는 그렇게 쉽지 않다며, 하다 보면 금방 익숙해질 것이라고 했다.

그런데 그것이 말처럼 그렇게 쉬운 것은 아니었다. 얼마나 부담이 되었는지 모른다. '아버지 하나님' 소리가 왜 그렇게 안 나오는지, 그 소리가 내 입에서 천연덕스럽게 술술 나오게 되기까지 아마 1년은 걸렸던 것 같다.

첫 직장, 게다가 교회 계통 학교라서 신경 쓰이고 부담되는 일이 한두 가지가 아니었다. 학교에서는 감히 엄두도 못 냈지만 집에서도 술, 담배는 용납되지 않았고 일요일에는 열 일 제치고 교회엘 가야 하고…….

자발적이 아닌 보이지 않은 강요에 의해서 무슨 일을 하여야 한다는 것이 얼마나 힘든 일인지 뼈저리게 체험했다. 그런 중에도 가장 나를 힘들게 하고 당황스럽게 한 것은 학급 예배와 강당 예배였다.

학급 예배란 일주일에 한 번은 담임 주관하에 자기 학급에서 예배 보는 것을 말한다. 다 같이 찬송가를 부르고 한 학생을 지명하여 성경을 봉독하게 하고, 다음 기도와 설교는 담임이 하는 것이다.

기도는 상투적인 말 몇 마디를 섞어 가며 그런대로 얼버무려 넘길 수가 있는데 설교라니. 이야깃거리를 찾으려 성경을 뒤적이고 어쩌고 하지만, 무엇을 어떻게 이야기해야 할지 답답하고 난감하기만 했다.

그보다 나를 더 괴롭힌 것은 강당 예배였다. 강당 예배는 한 달에 한 번 강당에 전교생이 모여 종합 예배를 보는 것이었다. 강당 예배 기도 순번이 되면, 정말 밥맛까지 떨어지는 것 같았다. 독실한 신자들은 강당 예배 때 기도하는 것을 영광으로 생각하고 좋아하더라만, 나 같은 사이비 교인에겐 그게 보통 어려운 게 아니었다.

순박한 학생들 앞에서 마음은 그렇지 않으면서 겉으로만 천연덕스럽게 '아버지 하나님 어쩌고' 하는 것이 아무래도 죄를 짓는 것만 같다. 하나님이 굽어보시며 "네 이놈~" 하시는 것 같아 자꾸 움츠러드는 것이었다.

그렇다고 기도문을 써 가지고 커닝을 하기도 그렇고, 수없이 연습을 해도 막상 예배에 임하면 입이 잘 떨어지지 않았다. 해서 어떤 소심한 새내기 선생님은 강당예배 때 처음 한마디 '아버지 하나님'하고는 말문이 꽉 막혀서 다음을 잇지 못하고, 급기야는 학생들이 킥킥거리면서 그날 예배는 엉망이 된 적도 있었다고 했다.

마음속에서 우러나오는 절실한 기도가 아닌 입으로만 나불대는 기도. 하루하루 지날수록 양심의 가책도, 일말의 두려움도 차차 사라지고, 점점 뻔뻔스러워지기 시작했다. 언제부턴가 '아버지 하나님' 소리가 내 입에서 술술 나오는 것을 발견하고 나는 깜짝 놀랐다. 이게 아닌데, 이러면 안 되는데……

똑똑한 손자와 팔불출 할아버지

학생들 앞에 서는 것이 아무래도 떳떳치 못했다. 내가 있을 곳이 아니라는 생각이 일기 시작했다. 나는 결국 2년을 근무하고 그 학교를 그만두었다.

이사

1960년대 중반. 고향 여학교에서 2년간 근무하던 나는 결국 직장을 서울로 옮기게 되었다. 해서, 처음 이사한 곳이 보광동 산동네 상이용사 주택이었다. 버스 종점에서 꼬불꼬불한 골목길을 숨이 턱에 닿게 올라가면 한강이 훤히 내려다보이는 정상 바로 아래 용사주택이 있었다. 정상을 넘으면 뒤쪽은 보광동 쪽보다 더 가파른 한남동이다.

6·25때 부상당한 군경을 위해 국가에서 지어 상이군경에게 분양한 것이 용사주택이란다. 똑같은 모양에 똑같은 크기로 일렬로 죽 늘어선 용사주택은 한 채를 중간에 담을 쌓아서 두 세대씩 살도록 되어 있었다. 우리는 그중 한 세대를 60만 원에 전세로 들어갔다.

집주인 이 씨 아저씨는 이북 출신으로 상이 경찰이었다. 어떻게 해서인지 이 씨 아저씨는 각각 다른 동에 두 세대분을 가지고 있어서 한 세대에는 자기네가 살고, 나머지 한 세대는 우리에게 전세를 준

똑똑한 손자와 팔불출 할아버지

것이었다.

한쪽 다리를 절단해서 목발을 짚고 다니시는 아저씨는 천성이 순박한 데다 마침 그 아들이 내가 근무하는 학교 학생이라 그랬는지, 어쨌든 우리를 대하는 것이 집주인과 세입자가 아닌 어떤 친척이라도 되는 듯 다정다감했고, 세심하게 우리를 배려하는 것 같았다.

어째서 그랬는지 우리 집은 수돗물이 쫄쫄거리며 잘 나오지 않아서 늘 이웃인 주인집에 가서 물을 길어다 먹을 때가 많았고, 빨래는 으레 그 집에 가서 하곤 했다.

그때, 우리는 둘째가 태어난 지 얼마 안 된 터라 아내는 어린애 둘을 데리고 쩔쩔맬 때다. 이사한 다음 날부터 갓난아기 우리 둘째는 아저씨 차지가 됐다. 아침 식사만 끝나면 바로 우리 집으로 와서 둘째를 업고 나가신 것이다.

오른쪽 다리가 없어 목발을 짚고 다니시는 아저씨가 아기를 업겠다고 하셨을 때, 아내는 참 난감하더라고 했다.

"혼자 기동하기도 버거우실 텐데 어떻게 아기를 업으신다고……."

불안한 마음을 떨칠 수 없으면서도 끝내 아기를 업혀 드렸다. 처음에는 아기가 등에 잘 붙지 않고, 아저씨도 뒤뚱뒤뚱 불안하기만 했는데, 그게 곧 아주 자연스러워졌다. 어불띠를 단단히 매고 목발을 짚으며 뒤뚱뒤뚱 걷는 모습을 뒤에서 볼라치면, 애가 꼭 말을 탄 것처럼 꺼들먹꺼들먹했다. 그 모습이 우습기도 하고 안쓰럽기도 했다.

한데 아저씨도, 아기도 그걸 참 좋아하는 것 같았다. 아기가 처음에는 좀 불안해하는 것 같더니 이내 익숙해지고, 오히려 그 흔들림을 즐기는 듯했다.

　아저씨는 아기를 업고 이 골목 저 골목을 바쁘게 누비시며, 아주 즐겁고 자랑스러워 하셨다. 땀을 뻘뻘 흘리시는 아저씨가 안쓰러워 이제 그만 내려놓으시라고 해도 막무가내셨다. 그러다 보니 용사촌 골목에서 목발을 짚고, 늘 아기를 업고 뒤뚱뒤뚱 걷는 아저씨는 유명해졌다. 아기가 누구냐고 하면 거침없이 이렇게 답하곤 하셨다.

　"누구긴? 우리 손자지."

　우리는 그렇게 용사주택에서 5년을 살고 조금 아래 중간쯤으로 이사했다. 꼬불꼬불한 비탈길 오르는 게 반으로 줄긴 했지만, 오십 보 백 보였다.

　터는 작았지만 오지벽돌로 탄탄하게 지은 아담한 집이 마음에 들었다. 조그만 집이지만 처음 내 집을 장만했다는 게 더없이 가슴 뿌듯했고, 자랑스러웠다. 날마다 집치장에 열심이었다. 여기저기 시멘트를 다시 바르고, 페인트칠도 다시 하고……

　집은 작았지만 방이 세 개나 되어서 문간 쪽방 하나는 세도 주었다. 이 집에서 막내가 태어났다. 여기서도 5년을 살고 우리는 또 이사를 했다.

　이번에는 버스 종점에서 가까운 맨 아래쪽이었다. 왜 한곳을 벗어나지 못했는지, 다른 곳으로 이사할 생각은 전혀 하지 않았다. 그저 위에서 아래쪽으로 내려오는 것만이 진전이고 목표였다.

　오래된 집이긴 했지만 대지가 꽤 넓었다. 마당도 있고 나무도 몇 그루 있었다. 나는 그 나무들이 마음에 들었다. 좀 무리를 해서 샀다. 모든 것이 다 좋았다. 꼬불꼬불한 골목길을 올라가지 않는 것도 좋고, 버스 정류장도 가까워서 좋고, 나와는 별 관계가 없지만 아내에게는 시장이 가까운 것도 좋고, 아무 불편 없이 잘 살았다.

그런데 우리 골목에 건축 바람이 불기 시작했다. 6m 도로를 가운데 두고 양쪽으로 집이 세 채씩 모두 여섯 채가 들어선 골목 막다른 집이 우리 집이다. 한데, 언제부턴가 골목 입구 한쪽 집을 헐고 뚝딱뚝딱하더니 금방 3층 건물이 섰다. 얼마 안 가서 맞은 편집도 경쟁이나 하듯 단층집을 헐더니 3층이 올라간다. 이렇게 한 집 한 집 집을 새로 짓기 시작했다. 그런데 하루는 아내가 뜬금없이 우리도 집을 새로 지어야겠다고 했다. 나는 농담이려니 했다. 아니, 땡전 한 푼 없는 우리가 언감생심 집을 짓다니……

하지만 아내는 농담이 아니었다. 자기 돈 가지고 집 짓는 사람이 몇이나 되느냐며 건축업자가 다 알아서 집은 짓고, 건축비는 나중에 전세금을 받아서 챙긴다는 것이다. 그래서 땅만 있으면 건축주는 돈이 한 푼 없이도 집을 지을 수 있다고 한다. 건축업을 하는 친구 남편이 책임지고 지어 주겠다고 했다는 것이다.

아내의 행보가 바빠지기 시작했다. 집 지을 동안 살 방도 이미 마련해 놓았다고 했다. 일요일에 급히 짐을 옮겼다. 도대체가 믿음성은 없었으나 나의 우려와는 달리 일은 초특급으로 진행되었다.

짐을 옮긴 다음 날, 우리가 살던 집은 흔적도 없이 사라졌다. 그리고 도자를 들이대고 땅을 파기 시작했다. 지하까지 3층을 올리기로 했다. 반지하에는 15평씩 두 세대, 1층은 30평, 2층은 25평, 해서 연건평 85평.

1층은 우리가 살고 반지하 두 세대, 그리고 2층은 세를 주기로 했다. 그때 우리 동네에는 서민들이 많이 살아서 세놓기가 좋았고, 깨끗한 집은 미국 사람들 세입자가 많았다. 미8군 사령부와 이태원이 가까웠기 때문이었다. 미국 사람들은 군인도 마찬가지였지만 높은 월세에다, 그것도 몇 달 치씩 선불이어서 세놓는 사람들이 아주 선호하는 터였다.

3~4년 사이에 우리 집 골목 집들은 모두 새집으로 바뀌었다. 한 집에 한 세대씩 살던 것이 보통 세네 세대가 살게 되었다. 전에는 7세대가 살던 골목이 갑자기 이십몇 세대로 불어난 것이다.

조용하기만 하던 골목이 복잡하고 시끄러워졌다. 차가 점점 늘어나면서 문제는 심각해지기 시작했다. 처음에는 한쪽 면에만 차를 세워서 그런대로 소통이 되었는데 그것도 잠시, 어느 사이에 길 양쪽으로 차를 세우다 보니 어떤 때는 사람 다니기도 불편했다.

미화원(그때는 청소부라 했다)들이 손수레로 쓰레기를 수거할 때의 일이다. 손수레가 골목에 들어올 수 없다는 핑계로 며칠씩 쓰레기를 수거해 가지 않으니 골목 안이 쓰레기로 넘쳐서 엉망이 되기 일쑤였다. 답답하고 짜증만 났다. 동회에 몇 번씩 신고라고 해 봐도 별 신통한 일이 없었다.

새로 지은 집 중 한 집은 주인은 살지 않고 세입자들만 사는 집인데, 세입자라는 사람들이 젊은 남녀가 몇 명이나 되는지 수도 없이 드나들었다. 그 집에 사는 사람들 차가 대체 몇 대인지도 모른다. 이

똑똑한 손자와 팔불출 할아버지

태원 술집에 다니는 사람들이라고 했다.

그 집에 사는 사람들이 골목을 더 엉망으로 만들었다. 밤늦게 들어와서 아무렇게나 차를 세워 놓는 바람에 아침에 나가려는 사람들이 차 좀 빼달라고 아무리 빵빵거리고 대문을 두들겨도 묵묵부답이다. 어떤 때는 마지못해 감때사납게 생긴 젊은이가 나와서 눈을 치뜨고 차를 빼주고 들어가는 꼴을 보면, 어지간한 강심장이 아니고는 다음에 또 차를 빼달라는 소리를 할 수 없다.

또 골목 입구 미장원 집 주인은 개인택시를 하는 사람인데, 이 사람이 웃기는 게 자기 집 옆에는 다른 사람은 절대 차를 세우지 못하게 한다. 물론 우선권은 있는지 모르지만 엄연한 공용도로인데……. 자기뿐 아니라 다른 곳에 사는 처남 택시까지 거기다 세우면서 말이다.

가끔 자기 자리에 차를 세웠다고 시비가 벌어진다. 사리를 따져 이야기하고 어쩌고 할 계제가 아니다. 생긴 대로다. 다른 사람 말은 귓전으로도 들으려 하지 않는다.

차 세웠다고 아우성, 차 빼달라고 아우성,…. 이렇게 우리 골목은 한시도 조용할 날이 없다. 조용하고 한적하기만 하던 골목인데, 집들을 새로 짓고 세대수가 늘다 보니 이렇게 시끄럽고 살벌한 골목이 되고 말았다.

게다가 우리 집은 골목 막다른 집. 차가 들어가기도 어렵고, 일단 한번 들어가면 나오기란 더 어렵다. 차 때문에 받는 스트레스가 이만저만이 아니었다. 오죽했으면 근방 유료주차장에 거금을 내가며 주차하기까지 했을까!

예부터 막다른 골목 집을 꺼리는 이유가 무엇이었을까? 이렇게 사람 드나들기도 어렵게 양쪽으로 차를 세우니 이러다 한밤중에 불이라도 난다면?

'왜 진작 그런 생각을 못 했을까?'

불현듯 나는 이사를 해야겠다는 생각이 들었다. 조급한 마음이 들었다. 서둘러 복덕방에 집을 내놓았다. 복덕방 영감은 어쩐 일인지 심드렁한 표정이다. 불경기라 매매가 없단다. 집을 내놓고 난 후 어쩌다 집을 보러 오는 사람이 있었다. 그런데 시간이 지날수록 그것도 뜸해지더니 아주 발길이 끊겼다.

그런데 집을 내놓았다는 것조차 거의 잊어 갈 무렵이다. 집 팔기는 영 글렀나 보다 하고 이제 신경조차 쓰지 않고 있는데, 어떤 사람이 집을 사겠다고 선뜻 나섰다. 앞뒤 생각할 것도 없었다. 물실호기(勿失好機). 나는 그 사람을 놓칠세라 전전긍긍했다. 싸게, 정말 싸게, 파격적으로 깎아서 계약을 했다. 값이 문제가 아니라 어떻게 해서든지 팔아야겠다는 일념뿐이었다.

한데, 막상 계약을 하고 나니 허전했다. 뭘 꼭 잃어버린 것만 같았다. 2층 미국 사람에게서 받는 월세는 가계에 도움도 되고 재미가 쏠쏠했는데……. 또 규모 있게 새로 지어서 살기도 편했는데…….

하지만 그렇게라도 팔기를 잘했지, 골목에 차가 늘어선 꼴을 보면 누가 이 집을 사겠다고 선뜻 나서겠는가. 속으로는 수없이 자위도 해 봤다.

30

주차 걱정 없고 여러모로 편리하다는 아파트로 가기로 마음을 굳혔다. 해서 여기저기 바쁘게 아파트를 보러 다녔다. 강남 쪽은 왜 그렇게 비싼지. 변두리인 우면동, 일원동 쪽은 턱없이 비싼 것 같았다. 한 달 가까이 진력나게 아파트를 보러 다녔지만 집을 사지 못했다. 차츰 초조해지기 시작했다. 이러면 안 되는데……. 짜증이 났다.

괜히 집을 팔았나 보다. 그것도 헐값에. 30년 가까이 살던 곳, 미운 정 고운 정 다 든 집, 천년만년 살 줄 알고 어렵게 지은 집. 앞뒤 생각 없이 덜컥 팔아 놓고 이게 무슨 꼴이람. 그러나 이미 쏟아진 물. 쓸데없는 생각일랑 말고 아파트나 빨리 사자 마음을 다잡았다.

다녀 본 중에서 그래도 도곡동 삼익아파트가 가장 마음에 든다. 비록 오래된 아파트이긴 하지만 도심이고, 무엇보다도 뒤에 떡하니 자리 잡고 있는 매봉산이 마음에 들었다. 베란다에서 내다보면 매봉산이 한눈에 들어온다. 몇 번을 가보고 또 가보고 한 끝에 계약을 했다.

내부 수리를 하고 이사를 했다. 예상대로 전망이 그만이다. 아침에 일어나 베란다 문을 여니 상큼한 공기가 확 들어온다.

이사할 때는 매봉산에 진달래가 지천으로 피어 있었는데, 어느새 녹음이 날로 짙어만 간다. 가을 단풍, 겨울 설경도 기대가 된다. 가끔 꿩 우는 소리가 들린다. 요새는 저녁이 되면 소쩍새 소리도 은은히 들린다. 서울 복판에서 소쩍새 소리라니!

찾아오는 사람들마다 서울에 이런 아파트도 있느냐며 사뭇 놀라는 눈치다. 이사를 참 잘했다고들 한다. 그런 소리를 들으면 정말 잘한 것 같다. 이제 주차 문제로 신경 쓸 일이 전혀 없다. 집을 비우고 나갈 때도 아무 문제나 걱정이 없다. 이렇게 편리하고, 이렇게 좋은 것을…….

나는 친구들에게 이렇게 자랑이 째진다.

"너희들 서울에서 꿩 우는 소리 들어 본 사람 있나? 아니, 소쩍새 우는 소리 들어 본 적 있나? 시골에서도 듣기 힘든 그 소쩍새 소리를!"

스승의 날

4월 초 도곡동 삼익아파트로 이사할 때만 해도 창문을 열면 매봉산 잡목들 가지만 앙상하던 것이, 어느 날 갑자기 울긋불긋 진달래꽃이 보이는가 싶더니, 푸릇푸릇하던 나뭇가지가 제법 잎이 어우러지고, 오늘 아침은 완전히 녹음이 우거져만 가는 형세다. 아! 그리고 보니 벌써 5월. 5월도 어느덧 중순으로 치닫고 있지 않은가.

어린이날이라고 한참 시끄럽던 신문이며 방송이 슬며시 어버이날을 들먹이더니, 이제는 스승의 날을 내세워 한바탕 떠들썩하다. 이런 때 특히나 한몫하는 것이 백화점 광고전.

방송마다 스승의 날 특집방송을 하고 신문마다 교육 관계 기사가 넘친다. 백화점마다 선생님에게 줄 선물을 사려는 인파가 줄을 이었다는 기사와 함께 사진까지 실었다. 텔레비전에서는 스승의 날 선물에 대한 인터뷰도 했는데, 대부분의 사람들이 부담스럽다고 했다.

'촌지'라는 말이 난무한다. '촌지'가 우리 교육을 망친다는 느낌이 들 정도다. 모든 선생님들이 마치 '촌지'에 눈이 먼 파렴치한이 아닌가 하는 생각이 들 정도다.

스승의 은혜를 다시 한 번 생각해 보자는 순수한 의미에서 만들어진 이날의 의도가 자칫 오도되고 있는 것은 아닌지. 오히려 스승을 욕되게 하는 부담스런 날로 인식되고 있는 것은 아닌가 싶다. 스승 축에 끼지도 못하는 나이련만 어쩐지 금년 스승의 날을 맞는 내 마음은 더없이 착잡하고 편하지만은 않다.

5월 15일 스승의 날.

오늘은 수업이 없고 간단한 기념식과 사제동행 체육대회를 한단다. 자연히 출근 시간도 여느 때보다 좀 늦다. 지난 3월 새로 부임한 학교. 담임도 맡지 않았으니 한가한 데다, 이런 날은 겉돌기 마련. 출근해 보니 교무실 복도에 꽃이며 선물 꾸러미를 든 학생들 왕래가 부산하다. 먼저 근무하던 학교보다 한결 더 와자지껄하다. 먼저 학교는 남자 고등학교에, 강북이라 그랬나? 꽃을 사 들고 오는 학생이 별로 없었는데……

지금 이 학교는 강남에 위치한 남녀공학. 아무래도 여학생들이 있어서 그런가 보다. 박수 소리에 까르르 웃는 소리, 꽃다발을 들고 부산하게 오가는 학생들.

운동장에서는 기념식이 거행되었다. 각반 반장들이 담임 선생님의 가슴에 카네이션 한 송이씩을 꽂아 준다. 그리고 비담임은 부반장들이 맡는다. 교장 선생님의 말씀이 있은 후, 학생 대표의 스승의 은혜

똑똑한 손자와 팔불출 할아버지

에 감사하다는 글 낭독이 이어졌고, '스승의 은혜' 합창과 함께 기념식은 간단히 막을 내렸다.

나는 교무실 자리에 돌아와 앉았다.

선생님들 책상 위에는 꽃이며 선물 꾸러미가 어수선하게 쌓인다. 이제 막 교직에 발을 들여놓은 젊은 선생님 책상 위에도 선물은 쌓인다. 한데, 담임이 없는 원로교사들은 하나같이 쓸쓸하다. 잔치에서 완전히 소외된 느낌.

'나는 지금까지 뭘 했나?'

다시 한 번 자신을 돌이켜보고 회의에 빠져든다. 촌지나 챙기는 파렴치한 교사로 매도되는 현실 앞에서 오늘 같은 날 진정으로 꽃 한 송이 전해 줄 사람이 없음을 탓할 수 있을까?

얼마나 안쓰러웠으면, 얼마나 보기에 안 좋았으면 그랬을까. 옆자리의 담임선생님들이 자신들이 받은 선물들을 한 점씩 내 책상 위에 갖다 놓는다. 삽시간에 내 책상 위에도 선물 꾸러미가 쌓인다. 보람을 느끼고 위로가 되기는커녕 착잡하고 민망하고 부끄럽기 짝이 없는 날이다.

'집에서 하루 푹 쉬기나 할 일이지, 뭣 하러 나와서 청승을 떨고 앉아 있누. 쯧쯧.'

아무래도 이런 소리가 주위에서 들리는 듯 마음이 편하지를 못하다. 고지식하게 출근한 자신을 얼마나 후회했는지 모른다. 내년부터는 스승의 날은 절대 출근하지 않으리라. 나는 거듭거듭 다짐을 하면서 마치 죄인처럼 얼굴을 가린 채 부리나케 학교를 빠져나왔다.

초등학교 시절

우리 마을 앞 2km쯤 떨어진 곳에는 꽤 넓은 냇물이 흐른다. 우리는 그 냇물을 건너 학교를 다녔다. 지금은 물도 시원치 않고 모래밭도 별로 없는 내가 됐지만, 내가 어릴 때는 깨끗한 물이 항상 뿌듯하게 흐르고 모래밭도 넓어서 초등학교 시절 대부분의 시간을 우리들은 그 냇가에서 보낸 것 같다.

우리 마을에서 같은 학년인 또래는 여섯 명이었다. 학교 수업이 끝나면 우리는 곧장 집에 오는 법이 없이 냇가 지정된 장소에 모여서 책보를 쌓아 놓고는 빨가벗고 멱도 감고 그때 지천으로 흔하던 여러 가지 물고기들, 이를테면 붕어, 피라미, 모래무지, 불거지 등을 잡으며 해가 지는 줄도 모르고 신이 나게 놀곤 했다.

물놀이에 지치면 우리들은 풀밭으로 나가 종달새 집 찾기에 열중이었다. 날씨가 따뜻해지면 종달새는 '지지배배, 지지배배' 하며 공중

똑똑한 손자와 팔불출 할아버지

으로 오르기 시작한다. 매일매일 조금씩 더 높이 올라가서, 나중에는 소리만 들리고 보이지 않을 정도로 까맣게 떠올랐다가는 아래로 내리꽂히는 것이다.

우리들은 풀밭에 배를 착 깔고 엎드려서 종달새가 내려앉는 것을 놓치지 않으려고 온 신경을 집중하고 있다가 종달새가 내려앉은 곳을 향해 일제히 달려갔다. 종달새가 앉았다고 생각되는 곳 주위를 아무리 뒤져도 헛수고였다. 새는 항상 엉뚱한 방향에서 '포롱' 하고 날아갔다. 그러면 우리는 또 그쪽으로 힘껏 달려갔다. 그러나 누구도 새집을 찾아내진 못했다.

나중에야 그놈이 얼마나 영리한지, 그놈 꾀에 우리들이 철저히 농락당했다는 걸 알고는 또 얼마나 어처구니없어했던지. 놈은 '지지배배, 지지배배' 하며 높이 날아올랐다가 내리꽂을 때 자기 집과는 전혀 거리가 먼 엉뚱한 곳으로 내려서는 살금살금 기어서 자기 집으로 간다는 것이다. 또 집에서 나갈 때도 살살살살 기어서 멀리까지 간 다음, 그곳에서 포로롱 날아간다는 것이다. 그런 것도 모르고 놈이 내려앉은 곳, 날아간 곳을 뒤지며 놈의 집을 찾아내겠다고 설치는 우리들 꼴을 보며 놈은 얼마나 통쾌하고 재미있어 했을까!

한데 지금은 그 넓기만 하던 풀밭도 사라지고 종달새 소리도 들을 수 없는 게 그저 안타까울 뿐이다. 개울에는 높고 튼튼한 다리도 놓이고 차가 연락부절이지만, 그때는 통나무로 엉성하게 놓은 다리를 건너 학교를 다니던 우리들은 비가 조금만 많이 와도 다리가 유실돼서 다리 위로 건너다닌 기억은 별로 없고, 늘 정강이까지 걷어붙이고 물을 건너다닌 기억만 생생할 뿐이다. 그리고 장마 때는 개울을 건널 수가 없어서 학교를 가지 못한 날도 부지기수였다.

개울물이 불어서 엉성한 나무다리가 떠내려가고 물살도 세서 건널 수 없게 되면, 시내 이쪽에 사는 학생들은 하나둘 개울가에 모여서 도도히 흐르는 개울물만 하염없이 바라보며 이제나저제나 냇물 저쪽에 선생님이 나타나기를 기다렸다. 그럴라치면 영락없이 선생님이 나타나서서 물이 빠질 때까지는 학교를 오지 않아도 되니 그대로 돌아가라고 손짓을 하는 것이다.

그러면 우리들은 신이 나서 집으로 돌아오곤 했다. 학교에서 공부를 하다가도 갑자기 비가 쏟아져 냇물이 불어날 기미가 보이면, 선생님은 냇가 이쪽에 사는 학생들을 수업 도중에 일찍 집으로 보내기도 했다. 그때는 학부모들도 학생들도 학업에는 별로 관심이 없었던 것 같다. 툭하면 결석을 밥 먹듯 했으니 말이다.

우리 마을은 50여 호 되는 전형적인 농촌 마을로, 남양 홍 씨 집성촌이었다. 나와 같은 학년이던 다섯 명도 모두 홍 씨들이었다. 해서 항렬을 따지면 조카도 되고 형도 있고 할아버지뻘 되는 아이도 있었다. 한데, 좀 창피한 이야기지만 우리들은 학교에서 환영을 받지 못했다. 뭐 그렇게 큰 말썽을 피운 것도 아닌데, 하나같이 공부는 못하고 결석이 무상했기 때문이다. 게다가 엉뚱한 말썽도 곧잘 피우고…….

해서 선생님들도 우리 동네 애들이라면 체머리를 흔들며 싹수없는 놈들로 치부를 했다는 것이다. 하긴 여섯 명이 늘 몰려다니다 보니 어른들 보기에 눈에 거슬리는 일이 많았을지도 모르겠다.

똑똑한 손자와 팔불출 할아버지

한번은 이런 일도 있었다.

아마 5학년 때였던 것 같다. 학교 올라가는 산모퉁이에 땡삐집이 있었다. 더러 땡삐에게 쏘이는 일도 있었지만, 땡삐집은 그때 우리들의 큰 놀잇감이었다. 학교를 오가며 수시로 우리들은 땡삐집을 쑤셔댔다. 큰 나무막대기를 들고 살금살금 땡삐굴 옆까지 접근해서 굴에다 막대기를 집어넣고 한바탕 휘젓고는 뛰어 달아나는 것이다. 그러면 땡삐들이 새까맣게 기어 나와서 주위를 어지럽게 날아다녔다.

누가 그런 기발한 의견을 냈는지 우리들은 뙤놈 선생(되놈 선생)을 골려 주자는 데 의기투합했다. 왕 선생을 우리들은 무엄하게도 '뙤놈 선생'이라 불렀다. 6학년 담임이었던 왕 선생은 무슨 일만 있으면 쌍지팡이를 짚고 나서서 우리 동네 놈들은 아주 못돼 먹었다며 우리들을 타매하던 분이다. 그러니 자연 우리들도 그 선생님을 좋아할 리 없었다.

우리들은 선생님이 출근할 때를 맞춰서 땡삐굴을 들쑤셔 놓자고 모의를 했다. 해서 하루는 등굣길에 긴 막대기를 미리 준비해 가지고 가다가 땡삐굴 근처 움푹 파인 곳에 모여 앉았다. 아래쪽에서 뙤놈 선생이 나타나기를 기다리는 것이었다.

한참 만에 p가 산모퉁이를 손가락으로 가리켰다. 드디어 뙤놈 선생이 나타난 것이다. 우리는 잔뜩 긴장했다. 그리고 바쁘게 움직였다. 덩치가 제일 큰 n이 냉큼 막대기를 집어 들고 땡삐굴로 접근한 후, 막대기를 굴에 집어넣고는 사정없이 쑤셔댔다. 우리들은 몸을 낮추고 학교 쪽을 향해 내달렸다.

목격한 학생들 이야기를 들어 보면, 오리 가방을 휘저으며 급하게 걸어오던 뛰놈 선생은 땡삐굴 앞까지 오더니 갑자기 가방을 내팽개 치고는 두 팔을 머리 위로 휘저으며 미친놈 나대듯 뛰어 달아나더라 는 것이다. 얼굴이 벌겋게 상기돼서 교무실에 들어선 뛰놈 선생 옷 속에서 또 하이칼라 머릿속에서 기십 마리의 죽은 땡삐를 끄집어냈 다는 것이다.

학교에서는 한바탕 난리가 났다. 불문곡직(不問曲直) 교무실로 끌려 간 우리들 여섯 명은 일렬로 무릎을 꿇고 앉았다. 얼굴이 벌겋게 부어 오른(하긴 평소에도 술 먹은 것처럼 얼굴이 붉었지만) 뛰놈 선생은 식식거리며 거칠게 우리 주위를 두어 바퀴 돌더니 한 명씩 따귀를 올려붙이기 시 작했다. 그리고는 자기 책상에 가 앉아서 머리를 감싸 쥐는 것이었다.

공부고 지랄이고, 결국 우리는 하루 종일 무릎을 꿇고 앉아서 벌 을 섰다. 지나다니는 선생님들마다 "또 너희들이냐?" 하며 툭툭 건 드리기도 하고, 꿀밤도 먹이고……. 그런 중에도 대부분의 선생님들 이 수업에 들어가시고 교무실에는 한두 분만 남아서 좀 조용해지면 우리들은 벌을 서면서도 툭툭 건드리고 시시덕거리며 장난을 치다가 "벌서는 놈들, 저 꼴 좀 보라!"며 핀잔을 듣곤 했다.

하긴 내가 보기에도 우리 동네 친구들은 너무한 것 같았다. 말썽을 피우고 노는 데는 모두 일등이면서 하나같이 공부와는 담을 쌓았다. 학교를 다니는 건지 마는 건지 결석이 무상했다. 부모들이 그렇게 내 버려 두는지 나는 도저히 이해할 수가 없었다.

나는 절대 그렇지 않았다. 내 비록 어쩔 수 없어 그들과 어울리기

똑똑한 손자와 팔불출 할아버지

는 했지만 그들처럼 결석이 무상하다든지, 공부를 개떡으로 여기는 행동은 하지 않았다. 나는 언제나 개근에다 성적도 상위권에 속했다. 해서 가끔 그들에게서 따돌림을 당하기도 했다. 그런 나를 같은 성씨라고 해서, 같은 마을에 산다고 해서, 무조건 다른 친구들과 싸잡아서 못된 놈으로 치부하는 데는 정말 억울하고 분하기만 했다.

음력 10월 초하루.

이날은 우리 마을 남양 홍 씨 문중 시조격인 사정공 할아버지를 비롯한 선대들의 시제를 지내는 날이다. 이날은 우리 마을 큰 잔치로 온 마을이 들썩거렸다. 아침 일찍부터 남정네들은 두루마기를 갖춰 입고 선대 묘지들이 모여 있는 종산으로 떠났다. 애들이라고 빠질 리 없었다. 학교를 작파하고, 너도나도 따라나선다.

위토를 부치는 사람들이 제수를 장만하는데, 여러 분상을 차리다 보니 자연스레 음식이 풍성했다. 떡이며 고기며 과일이며……. 배고 프던 시절, 특히 아이들은 그날을 얼마나 고대하며 손꼽아 기다렸는지 모른다.

시제를 지내는 날 아침, 다른 친구들은 다 거기를 따라가고 나 혼자서 터덜터덜 학교를 향해 걷는 발걸음은 천근만근 무겁기만 했다. 나라고 왜 시제에 따라가고 싶지 않았을까. 그 여러 가지 풍성한 음식들이 왜 눈에 밟히지 않았을까. 하지만 언감생심 상상도 할 수 없는 일이었다.

결석을 하면 안 된다는 내 생각도 그랬지만, 무섭기만 한 아버지 때문이었다. 나는 친구들이 그렇게 고대하던 그날이 제일 싫었다.

나 혼자만 학교를 갔다고 이튿날은 영락없이 또 따돌림을 당할 게 분명했기 때문이다.

  학교를 다닐 때 어떤 선생님을 만나느냐가 학생에게는 절대적인 영향을 미친다고 나는 확신한다. 5학년 때까지는 상위권에 들던 내 성적이 6학년 때는 중간으로 뚝 떨어졌다. 하지만 나는 이를 절대 인정할 수 없고 납득할 수 없었다. 내 성적은 그대로인데 단지 6학년 담임을 맡았던 최 선생님의 판단과 평가가 잘못되었다고 나는 생각했다. 하지만 나는 개의치 않았다. 담임이 나를 인정해 주지 않는 것처럼 나도 그 선생님을 인정하지 않았으니까.
  선생님의 처사가 잘못이었다는 것이 후에 명명백백하게 증명되었다고 나는 생각했다. 그때는 6·25 직후라 시골 중학교 들어가기가 서울에 있는 중학교 들어가기보다 훨씬 어려울 때다. 나보다 성적이 우수하다고 평가받은 애들은 고향 중학교에 줄줄이 낙방했는데, 나는 그래도 떡하니 붙었다. 고향 중학교를 떨어진 애들은 서울에 있는 중학교엘 일단 들어갔다가 다시 시골 중학교로 전학들을 왔다. 그것만 봐도 선생님의 평가는 전적으로 잘못되었다고 나는 생각했다.
  말하면 뭘 하나. 주막거리 담배 가게 아들 Y. 그는 정말 공부와는 담을 쌓은 친구였는데, 나는 그보다도 성적이 밑이었으니. 담배가 배급제이던 그 시절, 그 귀하다는 담배 갑이라도 얻어 피웠나 보다고 어린 나는 엉뚱한 생각까지 했었다.
  후에 내가 선생 노릇을 하며, 초등학교 6학년 때의 담임 선생님에 대한 일은 잠시도 내 뇌리에서 사라진 적이 없었다.

42   똑똑한 손자와 팔불출 할아버지

중학교 시절

중학생이 되어서 학교라고 가 보니 참 황당하기 짝이 없었다. 기존의 교사(校舍)는 폭격에 다 날아가고 조그마한 건물 한 채만이 을씨년스럽게 버티고 있었다. 미군들이 주둔했다 철수한 탓에 주위에는 여기저기 구덩이가 있었고, 깡통 등 온갖 잡동사니들로 난장판이었다.

나는 중학교 때 번듯한 교실에서 책상에 앉아 공부해 본 적이 없다. 처음에는 한겨울에도 계단식 야외 교장에서 수업을 했다. 가르치시는 선생님이나 배우는 학생들이나 수업이 제대로 될 리가 없었다.

누가 먼저 시작했는지, 우리들은 지천으로 흔한 깡통을 주워서 구멍을 뺑뺑 뚫고 철삿줄로 매서 그 안에 나무토막을 넣고 불을 붙인 다음 빙글빙글 돌리면 금방 불이 활활 잘도 붙었다. 너나없이 그런 깡통 난로를 하나씩 만들어서 앞에 놓고 손을 녹여 가며 강의를 들었다. 선생님들도 그것을 타내지 않으셨다. 해서 야외 수업이라고 할 때 보면 항상 학생들 머리 위는 연기가 자욱하게 피어올랐다. 모두들 콧구멍이 시커매져서 서로 쳐다보며 웃곤 했다.

후에 천막으로 가교사를 옮기긴 했지만, 흙바닥에서 또는 마룻바닥에 엎드려서 공부를 했다. 그런 중에도 처음 배우는 영어는 신기하기만 했다. 특히 '어 카우' 선생님(우리들은 영어 선생님을 그렇게 불렀다)의 "디스 이즈 어 카우!" 하고 외치시던 그 괄괄한 목소리는 지금도 귀에 들리는 듯 쟁쟁하다.

그리고 '마리지마리다' 선생님. 말끝마다 '~말이지 말이다'를 수도 없이 반복해서 우리들은 '말이지 말이다'를 도대체 한 시간 동안 몇 번이나 하는지 그것을 세느라고 공부고 뭐고 모두들 정신을 팔았던 일도 잊을 수가 없다.

그리고 또 한 분 '똥개구리 선생님.' 키가 훌쩍 크고 허리가 구부정해서 아무리 봐도 체육 선생님 같지 않던 분. 육상선수 출신이었다나? 운동복 차림으로 교문 앞까지 달려와서는 딱 멈춰 서서 본때 있게 거수경례를 올려붙이곤 하던 체육 선생님. 선임 체육 선생님은 칼같이 매섭기만 했는데, 똥개구리 선생님은 착하고 순해 터져서 학생들을 나무랄 때면 금방 따귀라도 한 대 올려붙일 듯 손을 번쩍 들었다가도 그 바보스런 웃음을 입가에 흘리며 "이 똥개구리 같은 놈아." 하고 말아서 별명이 똥개구리가 된 선생님. 무례한 놈들은 놀림감으로 대하던 별났던 선생님.

그리고 등교할 때면 서슬 푸른 중·고 규율부원들은 교문 양쪽으로 삼엄하게 늘어서서 유세를 부리며 우리들을 마냥 주눅 들게 했다.

언제나 완장을 뒷주머니에 될 수 있는 대로 잘 보이도록 찔러 넣고는 특히 여학생들 앞에서 규율부원이라는 걸 알리고 싶어서 안달을 떨던 자랑스럽기만 하던 규율부 학생들.

읍내 학교까지 8㎞가 넘는 거리를 나는 걸어서 통학을 했다. 아니, 그보다 훨씬 먼 거리에서도 다들 걸어서 통학했다. 남학생은 물론 여학생들도. 그러다가 2학년 초에 자전거를 하나 장만했다. 중고이긴 했지만, 그래도 바퀴가 번쩍 번쩍하는 그 귀하고 자랑스럽기만 하던 자전거!

그때 자전거를 산다는 것은 지금 자가용을 사는 것에 견줄 바가 아니었다. 얼마나 신나고, 또 얼마나 자랑스럽던지. 그 먼 거리의 통학이 하나도 힘들지 않았다. 힘들기는커녕 마냥 신나기만 했다.

후에는 기하급수적으로 자전거 통학하는 학생들이 늘어났지만, 내가 자전거를 처음 샀을 때만 해도 전교생 중 자전거 통학생이 불과 몇 명 되지 않았다. 해서 우리들은 자전거를 세워 둘 곳이 마땅찮아서 학교 옆 교장 선생님 사택 뒤쪽에다 세워 놨었다.

그런데 하루는 수업이 끝나고 집에 가려고 자전거 세워 둔 곳을 갔는데 자전거가 없는 것이다. 처음에는 고등학생이 시내 급한 볼일이 있어서 잠깐 타고 갔나 보다 해서 다시 제자리에 갖다 놓기만을 초조하게 기다렸다. 종종 그런 일이 있었으니까.

한데 시간이 지날수록 심상치 않은 예감이 들었다. 이게 아니다 싶었다. 생각 끝에 할 수 없이 교무실을 찾아갔다. 퇴근들을 하느라고 교무실 안은 부산했다. 담임선생님께 자초지종을 말씀드리자, 선생님은 내 말을 건성으로 듣고는 "그래, 학교 주위는 다 찾아봤니? 다시 한 번 찾아봐." 하고는 퇴근을 서두는 눈치였다. 나는 직감적으로 괜히 말했구나 싶었다. 어떤 배신감 같은 것이 솟아올랐다. 땅거미가 질 무렵, 누가 자전거를 갖다 놓으리라는 생각을 포기한 채 도살장에 끌려가는 소걸음으로 나는 집을 향했다.

밤이 꽤 깊어서 집에 도착한 나에게서 자전거를 잃어버렸다는 이야기를 들은 아버지는 "뭐?" 하고 소리를 버럭 지르셨다. 이 한마디에 온갖 감정이 다 들어 있는 것으로 느껴졌다.

이렇게 늦게까지 배는 얼마나 고팠을까? 어디서 무엇을 하다가 이렇게 늦었을까? 자전거를 잃어버리고 얼마나 참담했을까? 이런 것들은 전혀 고려의 대상이 아닌 것 같았다. 야속하고 원망스럽기만 했다.

아무 말씀 없으시던 할머니가 뜰 아래로 내려와 내 손목을 이끌며 작은 소리로 "몹쓸 것들. 어여 들어가 밥 먹자." 하시는 순간, 나는 가슴이 꽉 막히는 것 같이 답답하고 눈물이 왈칵 쏟아졌다. 배가 고팠는지 어쨌는지 나는 밥 한 숟갈 뜨지 못하고 이날 밤, 밤새도록 끙끙 앓았다.

그런데 '인생 만사 새옹지마'라 했던가. 잃어버린 자전거를 한 달만에 찾았으니 말이다. 그때 읍내에는 자전거포가 두 군데 있었는데, 그중 한 곳에서 내 자전거를 조립해서 판 것이다. 하루는 자전거포 아저씨가 보니까 어떤 날라리 같은 놈이 자전거를 끌고 와서 바람

똑똑한 손자와 팔불출 할아버지

을 넣는데, 보니까 이건 틀림없이 자기가 꾸며서 판 게 틀림없더란다. 해서 놈을 잡고 "너 이거 누구 자전거냐?" 하고 다그쳐 물으니까 그대로 뿌리치고 도망쳤다는 것이다.

이렇게 해서 잃어버린 자전거를 나는 다시 찾았다. 한데 그렇게 귀중한 물건을 잃어버리고도 왜 경찰서에 신고할 생각조차 하지 않았는지, 범인을 눈앞에 두고도 자전거포 아저씨는 왜 잡을 생각도 않았는지…….

어쨌거나 자전거를 다시 찾았으니 얼마나 신나고 생기가 돌던지, 갑자기 가슴 속이 후련하고 세상이 환해지는 느낌이었다.

고등학교 시절

우리 앞집 큰아들이 서울 가서 공장을 한다더니 돈을 좀 모았는지 동생들을 불러올렸다. 농토도 변변치 않고 하니까 바로 밑에 동생은 영등포 철도공작창인가? 어디에 취직을 시키고, 다음 동생은 고등학교부터 서울 공부를 시켰다.

성남고등학교를 다녔는데, 방학 때 시골에 오면 학교 자랑이 째졌다. 설립자인 김석원 장군이 교장인데 그분이 얼마나 훌륭한 분인지 모른다며 하도 자랑을 해서 은연중에 내 머릿속에도 그분이 정말 훌륭한 분이라는 인식이 꽉 차게 되었다.

내가 중학교에 입학한 다음 해에 그 형은 공군사관학교에 입학했다. 그리고 공사에서 발행되는 각종 잡지를 지성으로 보내주며 고등학교는 자기 모교인 성남 고등학교를 꼭 가야 한다고 다짐을 하곤 했다. 이렇게 반강제적인 그 형의 권유로, 나는 영등포에 있는 김석원

똑똑한 손자와 팔불출 할아버지

장군이 설립했다는 성남 고등학교에 입학하게 되었다.

　처음 고등학교에 입학해서 나는 깜짝 놀랐다. 김석원 장군에 대해
선 하도 많이 들어서 익히 알고는 있었지만 그래도 얼른 이해되지 않
는 점이 많았다. 작달막한 키에 땅땅한 체구, 부리부리한 눈매, 그
유명한 카이젤수염, 현역 육군 준장, 군복에 망토를 걸치고 언제나
들고 다니는 지휘봉. 그의 뒤에는 호위병인지 부관인지 모를 권총을
찬 현역 군인이 늘 따라다녔다.

　그가 교장이란다. 아니, 현역 군인이 교장이라니? 도저히 이해가
되지 않았다. 보아 하니 이름만 군인일 뿐 무보직으로 아무것도 하
는 일이 없는 것 같았다. 해서 자신이 설립한 학교이고 하니, 교장이
라고 와 있는 것 같았다. 하긴 교장이란 직함도 이름뿐, 학교 운영은
부교장이란 분이 다 하는 것 같았다.

　현역 군인이 교장이라 그랬는지, 여느 학교와는 다른 점이 많았다.
교실마다 철모에 별을 단 교장 초상화가 걸려 있었고 선생님들 중에
도 현역 군인이 몇 명 있었다. 그때는 고등학교 학생들 군사훈련이
심할 때이긴 했지만 다른 학교보다 더 철저하게 훈련을 시키는 것 같
았다.

　그리고 토요일엔 내무사열도 취했다. 대청소를 하고, 정리 정돈도
빈틈없이 하고, 복장 용의도 단정히 하고, 담임 인솔 하에 각 교실에
정렬해 있으면 교장 선생님의 사열이 시작되는 것이다. 가만히 생각
해 보니, 그때 담임선생님이 안절부절못하며 꽤나 신경을 쓰셨던 것
으로 생각된다. 대체 군댄지 학교인지……. 교장 선생님께서는 성남

고등학교를 '강남의 경기고'라고 자찬하셨다.

　나는 고등학교 시절을 정말 하나도 재미없게 지냈다. 촌놈이 생전 처음 집을 떠나 남의 집에서 눈칫밥을 먹어 가며 생활한다는 것이 얼마나 어려운 일인가를 일찌감치 체험 했다. 양식을 대고 먹는다고는 하지만, 신세를 지는 것만 같고 영 떳떳하지를 않고 마음도 편치를 않았다.

　나는 영등포역 뒤쪽에서 가내공업으로 시곗줄 고리를 만들던 그 형네 건넌방에서 그 집 둘째와 사촌, 이렇게 직장에 다니는 두 어른과 한방을 썼다. 숫기 없고 붙임성이라고는 없는 내가 두 어른들과 한방을 같이 쓴다는 것이 여간 부담스럽지 않았다.

　추운 겨울밤, 무슨 놈의 이는 그렇게 많았는지. 매일 저녁 두 분은 내복을 벗어들고 전등불 밑에서 이 사냥을 했다. 그러면서 나보고도 이를 잡으라는 것이었다. 하지만 나는 선뜻 그들과 같이 이를 잡을 뱃심도 없었다. 그들이 이를 잡을 때면 괜히 온몸이 근질근질해서 참기 힘든 것을 억지로 참으면서도 말이다.

　또 한 가지, 그 집에 있으면서 참기 어려웠던 것은 도시락 반찬이었다. 이는 진정 반찬 투정이 아니었다. 매일매일 깍두기를 도시락 반찬으로 싸주는데, 푹 물러서 물컹물컹한 깍두기였다. 도시락 뚜껑을 열면 고약한 냄새가 어찌나 진동을 하던지 뚜껑을 열 수가 없을 정도였다. 오죽하면 차라리 도시락을 싸 주지 않았으면 했다.

　도시락을 몇 개씩 싸는 그 집 아주머니의 고충 같은 것은 생각할 수 없었다. 다른 사람들의 도시락 반찬, 그러니까 직장에 다니는 그의

　　　　　　　　　　　　　똑똑한 손자와 팔불출 할아버지

시동생이나 사촌 시동생의 반찬이 한결같이 내 도시락 반찬과 같을 거라고는 나는 전혀 생각지 않았다. 사이가 별로 좋지 않던 시동생이 그것을 용납할 리 없다고 나는 단언했다. 사소한 일로도 그는 형수와 자주 다투곤 했으니까.

어쨌든 나는 도시락을 도저히 먹을 수가 없었다. 해서 열어 보지도 않고 그대로 가져오다가 신길동 산등성이 방공호 속에 쏟아 버리곤 했었다.

방학 때 시골집에 있다가 개학이 되어 갈 때면 왜 그렇게 가기 싫었는지. 그렇다고 나는 남의집살이의 어려움, 괴로움 따위를 부모님에게는 한마디도 할 수 없었다. 할머님께도 전혀 내색을 하지 않았다. 뭐 어린것이 갸륵한 생각에서 부모님이나 할머님이 속상해하실까 봐 그런 것은 전혀 아니었다. 왠지 그 집 험담 같은 것은 절대 말하면 안 되는 것으로 나는 생각했던 것 같다.

아무리 말은 하지 않았어도 부모님은 내가 객지 생활을 하느라 고생한다는 것을 다 아셨던 것 같았다. 특히 할머니는 어린 것이 눈칫밥을 얻어먹고 어려서부터 배를 곯고 고생하는 것을 더없이 안타까워하셔서 방학 때 집에 갈라치면 여러 가지 음식, 특히 몸에 좋다는 음식을 하나라도 더 해 먹이려 안달을 부리셨다. 그리고 개학이 돼서 갈 때면 으레 엿을 고아서 동글동글하게 한입에 먹기 좋게 만들어서 큰 봉지에 가득 싸 주시며, 어디다 잘 감춰 놓고 구진할 때 꺼내 먹으라고 신신당부를 하셨다.

한번은 여름방학을 끝내고 갈 때다. 예의 그 엿과 누룽지를 한보따리 가방에 넣어 주셨다. 가마솥에 밥을 하면 누룽지가 참 맛있게 눌었다. 내가 누룽지라면 사족을 못 쓴다는 걸 누구보다 잘 아시는 할머니가 특별히 싸 주신 것이었다. 나는 할머니가 내 가방에 누룽지를 넣으신 줄 전혀 몰랐다. 내가 알면 절대 넣지 못하게 할 것을 뻔히 아신 할머니가 나 몰래 넣으셨던 거다.

서울(영등포)에 도착해서 가방을 마루에 놓고 화장실에 가 한참 있다가 나와 보니, 이게 뭐란 말인가! 극성맞은 그 집 일곱 살배기 아들놈이 내 가방을 열어젖히고 그 안에 든 것을 다 끄집어내서 마루에 하나 가득 벌여 놓았는데, 그중에 단연 돋보이는 것은 엿 봉지와 누룽지. 아! 그때 그 당황스러움, 무안함, 창피함이란.

집에 가서 얼마나 배가 고프다고 했으면 누룽지까지 싸 보냈을까. 급기야는 그 집 아주머니의 그 말이 우리 할머니 귀에까지 전해져서 할머니는 당신이 잘못해서 손자에게 괜한 눈총을 더 받게 만들었다며 두고두고 얼마나 자책하셨는지 모른다.

어쨌든 그 일이 빌미가 돼서 나는 그 집에서 나와 어쩔 수 없이 하숙이라는 걸 처음 하게 되었다.

말이 하숙이지, 하숙비가 싼 대신 대우도 엉터리였다. 영등포역 뒤쪽 철도관사였는데, 겹집으로 안방과 똑같이 미닫이를 사이로 윗방이 붙어 있었다. 안방은 그 집 식구들이 쓰고, 나는 다다미를 깐 윗방을 썼다. 안방은 남향이라 햇빛이 잘 드는데 윗방은 어둡고 대책 없이 크기만 해서 여름에는 그런대로 시원하고 괜찮았는데 겨울이 되니 북향 창이며 벽이 온통 성에가 껴서 마치 냉장고 속 같았다. 거기서 한해 겨울을 그래도 얼어 죽지 않고 산 것은 그 집 할머니 덕이라고 나는 지금도 생각한다.

밤낮없이 이불을 펴 놓고 잘 때면 잔뜩 사지를 웅크리고 이불을 머리 위까지 뒤집어쓰고 떨어야 했다. 한데 그 집에 며느리에게 구박이 자심한 시어머니가 계셨다. 80줄에 드신 할머니는 며느리가 그렇게 구박을 하건만 개의치 않으시고 항상 인자한 미소를 지으실 뿐 도통 말씀이 없으셨다.

나에게도 별말씀 없이 항상 그 인자한 모습으로 그윽히 바라만 보시던 할머니. 언제부터인가 잔뜩 웅크리고 이불 속에 들라치면 전에 없이 이불 속이 따뜻했다. 일본말로 유담뿌라든가 함석으로 된 물통에 물을 끓여 넣고 타월로 둘둘 말아서 이불 속에다 넣어 주셨던 것이다. 하루도 거르지 않고 할머니는 지극정성으로 그렇게 해 주셨다. 며느리에게 눈총을 받아가면서까지.

아무리 속이 없고 철이 없어도 그렇지, 뼈에 사무치도록 고마운 마음을 가지고 있으면서도 왜 고맙다는 감사하다는 말 한마디를 건네지 못했을까? 나는 그것이 지금껏 한이 된다.

흔히들 고등학교 때 친구가 제일 좋다고 하더라만 나는 그렇지 못하다. 하지만 그래도 잊지 못할 친구가 한 명 있다. 정00. 그는 충남 아산에서 서울로 유학 온 나와 같은 어리바리한 촌놈이다. 신길동 가파른 언덕배기에 콧구멍만 한 부엌이 딸린 방 한 칸짜리 허름한 판잣집. 보잘것없는 집이기는 했지만 자기네 집이라고 했다. 그는 거기서 자취를 했다.

유유상종. 외롭고 고생스런 촌놈들은 자연히 가까워질 수밖에. 나는 그의 자취방에서 살다시피 했다. 눈치 볼 사람이 없는 그 집이 더 없이 만만했다. 추운 겨울, 그의 방에 있던 19공탄 난로를 나는 잊을 수가 없다. 그 난로에 해먹던 밥, 왜간장을 넣고 버터에 비벼 먹던 그 맛. 나는 지금껏 그렇게 맛있는 밥을 다시 먹어 보지 못했다. 아마 앞으로도 그런 맛은 다시는 못 볼 것 같다.

학교가 끝나면 그 집에 가 노닥거리다 밤늦게 잠잘 때나 하숙집으로 기어들어가곤 했다. 물론 그 집에서 자는 날도 많았다.

그는 고향을 말할 때 아산이라고 하지 않고 언제나 온양이라고 했다. 아산보다 온양이 그래도 좀 더 도시답고 세련되게 생각돼서 그랬던 것 같다. 고등학교 시절 그나 나나 가까운 친구가 없었기 때문인지 우리는 고등학교를 졸업한 후에도 자주 만나며 교유했다.

대학 졸업 후 그는 경찰관이 되었다. 한데 의외로 승진이 빨랐다. 일사천리로 경위까지 올라가서 주자동 파출소장을 했다. 승진 시험에는 자신 있다고 했다. 일류대는 아니지만 그래도 법대 출신이니까 그런대로 덕을 보나 보다 했다. 그는 머지않아 우리 고향 이천경찰서장을 꼭 하겠다고 했다. 왜 너의 고향이 아니고 우리 고향이냐니까 자기 고향은 그다음이라고 했다.

경감 시험이 곧 있을 거라던 그는 구로동 파출소장으로 옮겼다. 그리고 얼마 후에 그는 자가용을 끌고 젊은 여자와 같이 우리 집엘 왔다. 1960년대 말. 자가용이 보통 귀할 때가 아니다. 젊은 여인은 자기 관내 모 사장의 따님이라고 했다.

K사장. 그는 구로공단에 입주한 중소기업 사장이라 했다. 해외 출장이 잦은 그는 관내 파출소장인 정 소장에게 출장 때마다 자기 집을 잘 좀 돌봐 달라고 부탁을 하곤 했단다. 이래저래 가까이 지내는 처지였는데, 아내와 외동딸만 있으니 걱정도 되었겠지. 수시로 그 사장 집을 드나들던 정 소장은 자기도 모르는 사이에 그 집 여자들과 정이 들고, 급기야는 사장 딸과 눈이 맞아서 살림까지 차리게 되었단다.

나는 그의 가정생활이 별문제 없는 것으로 알았었다. 작달막한 키에 통통한 그의 아내는 낯설지 않은 호감이 가는 인상이었다. 살림도 손끝 여물게 하고 두 딸 뒷바라지도 나무랄 데 없었다. 나는 한 번도 정 소장이 가정에 대한, 아니 아내에 대한 불만을 토로하는 것을 듣지 못했었다. 그렇던 그가 딴 살림이라니. 나는 전혀 믿겨지지 않았다. 아니, 그럴 수가!

급박하게 돌아가는 그의 신변사를 나는 까맣게 모르고 있었다. 이성을 잃은 그의 본부인이 경찰서에 찾아가 난동을 부리고 그가 대기발령 중이었다는 사실도, 난데없는 그의 부음을 듣고서야 나중에 알았다. 평소 혈압이 좀 높기는 했지만, 관리를 잘해서 그렇게 문제될 게 없었다. 그가 세상을 뜨다니⋯⋯. 나는 도저히 믿을 수가 없었다. 혹시 무슨 사고사? 하지만 그게 아니었다. 혈압으로 쓰러져 금방 운명했다는 것이다.

병원 안치실로 쫓아간 나는 답답하기만 했다. 한쪽에는 본처와 관계되는 사람들, 다른 한쪽에는 후처와 관계되는 사람들이 패를 갈라

앉아 있었다. 영정에 절을 하고 나는 어느 쪽으로 가야 하나 참 난감하기 짝이 없었다.

　나쁜 친구, 왜 그렇게 처신했을까? 영리한 친구였는데……. 감당할 수 없는 스트레스로 그렇게 쓰러져 훌쩍 떠났겠지? 에이, 무심한 친구.

똑똑한 손자와 팔불출 할아버지

대학 시절

　대학 입학원서를 내면서 나는 장차 무슨 일을 하겠다든지, 무슨 공부를 해서 어떤 곳에 취직을 하겠다든지 하는 구체적인 생각들은 전혀 해 보지 않았다. 그저 '아무 대학이나 들어가면 뭐 어떻게 되겠지.' 하고 막연하게 생각했던 것 같다. 똑 부러지게 어떤 목표가 있다든지 어떤 주관을 가지고 있지 못했다. 낙관적이라기보다는 철이 없고 아둔했던 것 같다.

　나는 이효석의 〈메밀꽃 필 무렵〉이라든지 황순원의 〈소나기〉 같은 소설들을 무척 좋아했다. 나도 그런 소설을 한번 써 보고 싶었다. 나는 피천득 씨의 순수하고 감성적인 수필들도 정말 좋아한다. 그런 수필도 한번 써 보고 싶었다. 나는 또 오영수 씨의 소설도 미치도록 좋아했다. 순박하면서도 감칠맛 나는 그의 소설은 읽으면 읽을수록 나를 빠져들게 했다. 그런 소설도 한번 써 보고 싶었다.

이런 내 머릿속에 잠재해 있던 생각들 때문이었으리라. 나는 고려대학교 문리과대학 국문학과를 지망했다.

그런데 하루는 황 선생님의 호출을 받았다. 황 선생님은 우리학교 출신으로 중학교 국어 선생님이셨다. 동국대학교를 나오신 선생님은 시인으로, 대학 재학시절 총학생회장으로 활동하는 등 파워가 막강했었다고 했다. 나는 선생님에게 한 번도 수업을 받은 적은 없었다. 그런데 어떻게 아셨는지 내가 고대 국문학과를 간다니까 부르신 것이다. 아마 조사를 해 봤겠지. 혹시 동대 국문학과를 지망한 후배가 있나 하고.

한데, 동대 국문학과를 지망한 학생은 아무도 없었다. 자신의 모교, 게다가 자신이 현재 근무 중인 학교에서 다른 대학 국문학과 지망생은 있는데 동대 국문학과 지망생이 없다는 건 전적으로 자존심 문제고 체면 문제였다.

"야, 왜 하필 고대 국문학과냐? 안 돼! 동대 국문학과로 바꿔."

선생님은 단호하게 말씀하셨다. 그러더니 나를 끌고 구석자리로 가서 내 어깨에 손을 얹고는 소곤소곤 귓속말을 하셨다. 교수진이나 출신 문인들이나 무엇으로 봐도 동대 국문학과가 훨씬 낫다는 것이다. 동대를 가면 누구누구 교수님들도 소개해 주고 유명한 작가들도 다 소개해 주겠다고 했다. 나는 아무 말도 못 하고 듣고만 있었다.

대학 생활을 시작하면서 나는 여러 가지 호기심도 있고 기대도 했었다. 하지만 맥 빠지게 하고 실망스러운 일들이 훨씬 많은 것 같았

똑똑한 손자와 팔불출 할아버지

다. 부끄러운 이야기지만, 나는 고대 국문학과에 어떤 교수님들이 있는지 그런 것은 전혀 몰랐다.

수강신청을 하면서 '시론' 강의를 맡은 조동탁 교수가 청록파 조지훈 시인이라는 사실을 처음 알고는 정말 깜짝 놀랐다. '청록파 시인' 하면, 막연히 굉장히 고답적이고 우리와는 아주 먼 거리에 있는 분들인 줄만 알았다. 옛날 분들로 현존 시인이 아닌 것으로 생각했었는데…….

입학 동기생 30명 중 여학생이 10명이 넘었다. 그때만 해도 고대에 여학생이 그리 많지 않을 때다. 그런데 한 학과에 10명 이상이라니. 여학생들은 좀 달랐지만, 남학생들 중에는 진정 문학을 하겠다든지 어학을 전공하겠다고 해서 입학한 학생은 그리 많지 않은 것 같았다. 고대라는 간판을 얻기 위해서, 다른 학과보다 비교적 들어가기 수월해서 국문학과를 택한 친구들도 꽤 있는 걸로 보였다. 해서 이름만 걸어 놓고는 고시공부를 한다고 드러내 놓고 행동하는 친구도 몇 명 있었다.

어쨌거나 그런대로 대학 생활이 시작되었다. 한데 웬 놈의 휴강은 그리 많은지. 어떤 날은 한 시간짜리 강의를 듣겠다고 허위단심 달려갔다 휴강이라 해서 맥이 빠지기도 했다. 한데 이름이 널리 알려진 유명세가 붙은 교수님일수록 휴강 횟수가 잦다는 걸 알 수 있었다. 그렇다고 강의도 별것 아닌 것 같아서 실망스럽기도 했다.

그런가 하면 이름이 별로 알려지지 않았다든지 풋내기 교수님들은 열심히 강의한다고 하기는 하는데, 그게 처음부터 끝까지 한 시간 내내 노트를 들고 읽으면 손목이 아프도록 받아 적는 식이었다.

그런 중에도 지금까지 잊히지 않는 것은 이숭녕 박사의 언어학 강의였다. 그분은 서울대 교수로, 고대에는 강사로 출강했었다. 나는 당대 국어학계의 권위자로 군림하던 박사님이 동대의 양주동 박사님을 굉장히 의식하는 것 같이 느꼈었다.

양주동 박사, 그분은 또 어떤 분인가? 자칭 '국보'라고 일컬었다는 분이 아닌가. 박학다식한 데다 그분의 입담은 천하가 공인하는 바가 아니던가. 내 생각으로는 어학적인 면에서는 이숭녕 박사가 한발 앞서고 문학적인 면에서는 양주동 박사가 윗길이라 생각했었다. 어쨌든 두 분은 당대를 풍미하던 대학자들이었다.

한데 이 박사님의 언어학 강의는 1년 내내 양주동 박사 이야기로 시작해서 양주동 박사 이야기로 끝났다. 언제나 시작은 양주동 박사의 칭찬이었다. 머리가 비상한 분, 국문학계에 지대한 공적을 남긴 분, 국보라는 칭호가 딱 어울리는 분……. 느릿하고 차분한 음성으로 이야기할 때면 정말 우리들은 흥미진진하게 경청하곤 했다.

한번은 책을 빌리러 왔는데 손수레를 끌고 왔더란다. '이 친구 쇼를 하는군.' 하면서도 한 수레 분량의 책을 빌려줬다. 딱 일주일 만에 다시 책을 싣고 왔단다. 도저히 일주일 만에는 읽을 수 없는 분량. 괜히 허세를 부린다고 생각돼서 은근히 떠봤더니 아뿔싸, 이건 허세가 아니라 다 읽었다는 게 여실히 증명되더란다. '아, 정말 비상한 친구로구나.' 하고 깜짝 놀랐다고 했다.

그러나 이렇게 칭찬을 하고는 언제나 끝에 가서는 반전이었다. 너

똑똑한 손자와 팔불출 할아버지

무 인기에만 영합하려 한다든지, 학문의 깊이가 없다든지, 아쉽게도 학자로서의 품위가 떨어진다든지……

어영부영 대학 생활 1년이 지나니, 주위가 산만하고 어수선 했다. 가까이 지내던 친구가 학업을 포기하는가 하면, 또 어떤 친구는 전과를 하기도 했다. 나와 같이 자취를 하며 고생하던 친구. 고등학교 때 문예 활동도 활발히 했고 또 문학상 수상 경력도 있던 친구. 가끔씩 자다가 벌떡 일어나 시상이 떠올랐다며 "봉화봉 날등에 내가 섰다. …… 고비고사리" 어쩌고 해서 내가 늘 미친증이 또 도졌다고 놀리던 신ㅇㅇ 형이 한마디 말도 없이 전과를 한다고 했을 때는 정말 혼란스러웠다. 그는 나중에 4선 의원까지 지냈으니, 그때 그의 판단이 현명했던 건지도 모르겠다. 나는 그 일을 소재로 '친구'라는 콩트를 써서 고대신문에 발표하는 것으로 그때의 내 심정을 나타냈었다.

회의를 느끼면서도 대학 4년을 버티고 졸업할 수 있었던 것은 아마도 나의 우유부단하고 게으른 성격 때문이었을 게다. 무슨 일을 한번 하면 다른 일은 귀찮아서 생각하지 않았으니까.

우리나라 좋은 나라

　내가 고향 여학교에서 2년을 근무하고 서울로 학교를 옮겨서 첫 살림을 시작한 곳이 보광동 상이용사 주택이었다. 용사주택은 보광 동에서 한남동쪽으로 구불구불 비탈길을 한참을 올라가 7부능선 쯤 에 있었다. 6·25때 부상당한 상이군경에게 국가에서 분양해 준 주택 이다.

　똑같은 모양, 똑같은 크기로, 두 줄로 늘어선 소위 말하는 '땅콩주 택'. 한 채를 중간에 담을 쌓아 두 세대가 살 수 있도록 한 전형적인 서민주택이었다. 용사주택이라고는 했지만 정작 상이용사가 사는 집 은 불과 몇 집 되지 않았고, 대부분 우리와 같은 세입자들이었다.

　나는 그래도 직장도 있고 또 시골에서 부모님이 양식이며 부식거리 등 잡다한 것을 다 대주셔서 풍족하지는 않았어도 어려움은 겪지 않 고 살았는데, 주위의 몇몇 집은 땟거리를 걱정할 정도로 어려운 형편

똑똑한 손자와 팔불출 할아버지

들이었다. 무턱대고 서울로 올라와 막노동, 아니면 날품을 팔아 하루하루를 근근이 살아가는 것 같았다.

우리와 가까이 지내던 돌쇠 네도 충남 당진에서 왔다고 했다. 돌쇠 아버지는 막노동을 했는데, 일하는 날보다 노는 날이 더 많았다. 그러니 자연 사는 것이 말이 아니었다.

나와 비슷한 연배의 돌쇠 아버지는 전형적인 충청도 사람으로, 정말 법 없이도 살 수 있는 사람이었다. 그의 아내 말을 빌자면, 순해 터지기만 했지 답답하고 주변머리라고는 없어서 그를 믿다가는 세끼 밥도 제대로 얻어먹기 힘들 거라며 푸념을 늘어놓곤 했다.

아내가 늘 모진 소리로 몰아붙여도 듣는 둥 마는 둥 타내지도 않고 그저 그 타령이다 보니, 그의 아내만 남편을 우습게 여기는 사나운 여자로 보기가 십상이었다.

그런데 중동에 건설 붐이 한창 일어서 노동으로 먹고사는 사람들이 너도나도 해외로 빠져나가 목돈을 벌어 오는 호시절이 있었다. 돌쇠 아버지도 사우디아라비아엘 가겠다고 날 보고 신원보증을 좀 서달라는 것이다. 보증서는 놈은 낳지도 말랬다지만, 재정보증도 아니고 신원보증인데다, 또 이런 사람 보증을 안 서면 누구 보증을 서랴 해서 나는 기꺼이 보증을 서 주었다.

아무리 신원보증이라 해도 다른 사람 같았으면 그렇게 선뜻 해 주지 않았을 게다. 돌쇠 아버지는 나이가 비슷한데도 나를 굉장히 어려워하고 또 내가 선생이라고 깍듯이 선생대접을 해 주었다. 해서 어떤 때는 내가 오히려 불편할 지경이었다.

나도 이참에 선생노릇 집어치우고 해외로나 진출해 볼까? 이런 가당찮은 생각을 할 정도로 중동행이 한참 유행이고 또 인기였다.

한데, 하루는 아내가 돌쇠 아버지가 사우디아라비아를 못 가게 되었다는 것이다. 꼭 가는 것으로 믿고 같이 수속한 사람들과 여권을 받으러 갔는데, 돌쇠 아버지만 여권이 나오지 않아서 못 가고 다른 사람들은 다 갔다는 것이다.

이유인즉 6·25 때 돌쇠 아버지 형님이 의용군에 갔기 때문이라는 것이다. 연좌제라나 뭐라나 하는 게 있어서 그런 사람들은 신원조회에서 통과가 안 돼 해외에는 나갈 수가 없단다. 6·25 때 인민군에 끌려간 것은 사실이지만, 자진해서 간 것도 아니고 또 생사조차 불분명한 −죽은 것이 확실하겠지만− 그것 때문에 안 되다니…….

눈치를 보니 돌쇠 엄마가 다 뛰어다니며 주선을 했고, 또 그 일을 성사시키기 위해 없는 살림에 돈도 쏠쏠히 들어간 모양인데 저렇게 되었단다. 그러면서 아내 말이 돌쇠 엄마가 미쳐서 환장을 하고 돌아다닌다는 것이다.

그러더니 며칠 후 돌쇠 아버지가 해외에 나가게 되었다며 돌쇠 엄마가 좋아하더라고 아내가 말했다.

그리고 또 며칠 후다. 퇴근해서 들어서는 나를 잡고 아내는 돌쇠네가 큰일 났다는 것이다. 어느 놈이 여권 같은 것은 하나도 걱정하지 말라며 자기가 다 해결해서 금방 사우디에 갈 수 있도록 해 주겠다고 장담을 하는 바람에 급전을 내서 큰돈을 해 줬는데, 그놈이 돈만 먹고 어디론가 날라 버렸다는 것이다. 해서 돌쇠 엄마가 다 죽게 생겼으니 저걸 어쩌면 좋으냐는 거다.

　나는 그때 ××중학교에 근무하고 있었다. 3학년 담임이었는데, 우리 반 반장 엄마가 참 열성이었다. 좋게 말하면 교육열이 대단하다고 할 수 있고, 나쁘게 말하면 치맛바람이 좀 센 여자였다. 여러 가지로 담임에게 극진했다. 부담스러운 점도 물론 있었다. 하지만 귀한 자식을 위한 부모의 정성으로 받아들였다. 그렇다고 예의에 어긋나거나 무례한 행동은 하지 않았다.
　돈 몇 푼 있다고, 남편이 사회적 지위가 좀 있다고, 촌지라고 몇 푼씩 갖다 주며 선생을 우습게 여기고 마음대로 주무르려 한 사람들이 얼마나 많았었나.

　그런데 하루는 반장네 집에서 저녁 초대를 했다. 집으로 초대하는 것은 그리 흔치 않았다. 반장 아버지는 회사원이라고만 알았을 뿐 한 번도 본 적이 없었다. 50대 초반인 그는 낯설지 않은 어디서 본 듯한 인상이었다. 나이가 한참 아래인 나를 그래도 아들 담임이라고 깍듯이 대해 주었다. 잘 먹을 줄 모르는 술도 두어 잔 곁들였다.
　술이 들어간 때문이었을까? 학부모와 담임이라는 관계에서 오는 부자연스러움도 한결 가시고 자연스럽게 여러 가지 이야기를 많이 나누었다. 그런 중에 나는 그분이 회사원이 아니고 그때 세인들이 다 두려워하던 남산 모 기관의 간부라는 것을 처음 알았다.
　내 나름의 느낌으로는 그분은 자신의 신분을 굳이 숨기려 한다거나 또는 내세우려고도 하지 않는 것 같았다. 그가 그런 곳에 근무하는 분이라는 걸 처음 알고 나는 좀 놀라긴 했다. 그렇다고 위축되거나 어떤 두려움 같은 것을 느낄 분위기는 아니었다.

학교 이야기, 세상 이야기, 가정 이야기 등 우리는 밤늦게까지 참 많은 이야기를 했다. 그런 중에 어떻게 하다 보니 돌쇠 아버지 이야기도 나오게 되었다. 아마 그가 무소불위의 막강한 권세를 휘두르던 권부에 근무하는 분이라서 내가 작심하고 그 이야기를 꺼낸 건지도 모르겠다.

그 연좌제란 것이 지금도 필요한 것인가? 그것 때문에 가슴앓이를 하고 피해를 보는 사람들은 또 얼마나 많은가. 일정한 직업도 없이 고생고생하다가 이제 희망이 좀 보인다 싶어서 사우디에 가는 것만이 살길이라 생각하고 올인했는데, 생각지도 못한 연좌제 때문에 좌절 한데다가 사기까지 당하고 나니, 삶의 의욕마저 잃은 듯 안타깝기 짝이 없고 차마 옆에서 볼 수 없다는 내 말에 그도 전적으로 동감하며 유감을 표했다.

헤어질 때 그는 돌쇠 아버지 인적사항이나 간단히 적어 달라고 했다. 그리고는 자기가 한번 알아봐 주겠다는 말도 덧붙였다.

이튿날 3교시 수업을 끝내고 나오니, 책상 위에 전화번호가 적힌 메모지가 놓여 있었다. 반장 아버지였다. 어제 이야기한 돌쇠 아버지의 여권을 찾으러 가 보라는 것이다. 아마 잘된 것 같단다. 의아한 생각이 들기는 했지만, 어쨌든 고맙다는 인사를 하고 전화를 끊었다.

퇴근해서 아내에게 이 이야기를 전했다. 그러자 아내는 정말 잘되었을까 의심하며, 앓아누워 있는 돌쇠 엄마를 찾아가 내일 여권을 찾으러 가 보라는 이야기를 전했단다. 다 죽어 가던 돌쇠 엄마가 벌떡 일어나 정말 일이 잘 해결된 듯 손을 잡고 고맙다는 인사를 수도 없이 되뇔 때는 겁부터 나더라는 것이다.

저러다 일이 제대로 되지 않으면 그 실망이 얼마나 클까? 괜히 쓸데없는 말을 해서 일을 더 그르치는 것은 아닐까?

이튿날 아내가 학교로 전화를 했다. 돌쇠 아버지 여권이 나와서 사우디에 곧 간다고 두 내외가 찾아와서 얼마나 좋아하는지 모르겠다며, 정말 고맙다며 눈물까지 보이더라는 것이다. 그리고 사흘 후 돌쇠 아버지는 정말 사우디로 훌쩍 떠나갔다.

되는 일도 없고, 그렇다고 안 되는 일도 없는 우리의 현실. 아! 우리나라는 참 좋은 나라다.

자화상

시골에 가면 사람이 없다고 야단들이다. 젊은이들은 다 도회지로 떠나고 노인들만 남아서 농사를 지을 수 없다는 것이다.

해서 내가 어릴 때만 해도 금싸라기 같던 논밭이 지금은 그대로 묵어서 잡초만 길길이 자라 호랑이가 새끼를 칠 정도다. 도지니 소작이니 하는 것도 옛말. 이제 남의 땅을 부치려는 사람이 도대체 없다는 것이다.

우리 집만 해도 그렇다. 아들 넷에 딸 둘, 6남매. 팔순이 넘으신 노부모님 두 분만 달랑 남으시고 다 객지 생활이다. 딸들이야 시집을 가니 할 수 없는 일이라 하겠지만, 그래도 아들 하나쯤은 고향을 지키려니 했는데 말이다.

그 많은 전장. 연만하신 부모님께서 건사하실 수는 없고 남을 주어 그런대로 지금까지 묵히지는 않았는데, 이제 모두들 도지가 문제가 아니라 거저 하라 해도 못 하겠다고 나자빠지니 별수 없이 논밭을 묵히게 생겼다며 아버님의 걱정이 태산 같으시다. 그렇다고 장남인 내가 훌훌 털고 내려가 농사를 지을 수도 없는 일이고…….

직장 생활을 하는 사람들이 마음이 뒤틀릴 때면 항용 한다는 소리가

"에이, 더러워. 다 집어치우고 시골에 내려가 농사나 짓지."

하더라만, 어디 그게 그렇게 쉬운 일이더냐. 농사가 무엇인지도 모르는 얼뜨기들의 배부른 투정이 아니던가!

더러운 꼴 보지 말고 구더기 끓듯 바글거리는 인총을 벗어나 맑은 공기 마셔 가며 탁 트인 대지 위에 채소를 가꾸며 토종닭도 놓아 기르고 젖소도 몇 마리 기르며 유유자적하는 삶이라. 말이야 얼마나 쉽고 그럴듯한가? 하긴 그런 꿈이라도 가졌다는 게 얼마나 다행한 일인가.

한데, 시골에는 사람만 귀한 것 같지 않다. 그렇게 지천으로 흔하던 참새도 사람만큼이나 참 귀한 것 같다. 떼로 몰려다니며 때로는 농사를 망쳐 놓기까지 하던 참새. 여름방학이면 자채(紫彩)논에 새 보기가 그렇게도 지겹더니. 특히 우리 고향 자채논의 새는 극성이었다. 이른 새벽부터 해가 질 때까지 한 사람은 꼭 매달려서 새 쫓는 일에 목이 착 가라앉았다.

그렇게 눈을 까뒤집고 감시를 하는데도 어느 틈엔가 눈을 속이고 논에 내려앉은 참새들은 이제 막 물이 오르기 시작하는 벼 이삭을 빨아서 허옇게 만들어 놓곤 해서 부모님께 호되게 꾸중을 듣곤 했는데……. 뭐 애 본 공과 새 본 공은 없다던가?

그런데 그 많던 참새가 귀하다니, 참새도 다 서울로 가기라도 한 걸까?

보광동 우리 집 마당에는 꽤 큰 감나무, 모과나무, 대추나무, 단풍 나무 등 몇 그루의 나무가 있다. 그런데 대문 옆 대추나무에는 언제나 참새 떼가 바글바글하다. 밑에 놓인 개밥그릇에 남은 찌꺼기를 먹기 위해서다. 새똥도 똥이냐고 할지 모르겠지만, 그것을 치우는 일도 꽤 성가시고 지저분하다.

추석이 지나고 대추가 빨갛게 익어 가자 매일 대추가 몇 알씩 떨어진다. 그것도 알이 굵고 잘 익은 놈으로만. 해서 떨어진 놈을 주워 살펴보니, 하나같이 한쪽을 무엇이 파먹은 흔적이 보였다. 혹시 쥐가? 아니면 비둘기가? 그러고 보니 비둘기가 전에 없이 자주 날아드는 듯했다.

그래서 유심히 살펴보니, 아니다. 이놈 봐라? 참새란 놈이 대추를 쪼아 먹는 게 아닌가. 허 참 참새가 대추를 먹다니. 나는 그 참새들을 볼 때마다 참 묘한 생각이 든다.

'썰렁한 겨울, 하나같이 까칠하고 꾀죄죄한 참새들. 너희들은 무엇이 좋아서 서울에 왔니? 벌이가 좋아서? 아니면 이세 교육 때문에? 공기 맑고 마음껏 날아다닐 수 있고 먹거리 풍부한 시골을 버리고 각종 위험이 도사린 살벌하기만 한 서울 골목을 오가는 이유가 도대체 뭐란 말이냐? 개가 먹다 남긴 밥찌꺼기 물리치기가 그렇게도 어렵더란 말이냐?'

70

나는 윤기 없이 까칠한 참새를 응시하며 끝내는 서글픈 생각마저 든다. 마치 내 자화상을 보는 듯해서다. 저놈들은 그래도 서울 생활에 만족하고 있는가? 그중의 어떤 놈은 나처럼 늘 '시골로 가야지, 시골로 가야지.' 하며 공염불을 하진 않을까?

오늘따라 개밥그릇 주위를 바쁘게 맴돌며 부산하게 움직이는 참새들이 더없이 밉살머리스러워 나는 들고 있던 빗자루를 놈들을 향해 힘껏 집어던졌다.

미련한 놈들. 주변머리 없는 놈들.

2장

귀향기

귀농한 선생님 댁

삼태기 모양의 야산이 빙 둘러 있고 그 안에 아늑하게 자리 잡은 고향 마을. 70번 도로에서 마을로 진입하는 길 양쪽으로 운치 있게 늘어선 왜정 때 심었다는 소나무 가로수.

'홍촌말'이라는 옛 이름이 말해 주듯 전에는 타성(他姓)이 거의 없이 남양 홍 씨들이 옹기종기 모여 살던 집성촌. 몇 집 타성(他姓)이라야 다 남양 홍 씨 문중과 음으로 양으로 어떻게든 연관이 있는 사람들이지, 그렇지 않은 사람은 발붙이고 살 수 없을 만큼 홍 씨들의 응집력이 강하기만 하던 마을.

하지만 지금은 많이 변해서 타성도 많고, 또 그들이 더 활개를 치는 것 같다.

나는 고향에서 중학교까지 다녔다. 그러니까 고등학교 때부터 객

74

지 생활을 한 것이다. 서울에서 고등학교, 대학교를 졸업하고 군대를 갔다 와서 처음 취직한 곳이 고향에 위치한 여학교다. 그렇게 만 2년을 근무하고 나는 학교를 서울로 옮겼다. 그리고 서울에서 여러 학교를 전전하며 교직에 있었다.

교직에 있으면서 말년에는 '고향에 가 살아야지.' 하는 생각을 가끔 했다. 하지만 그것은 누구나 흔히 할 수 있는 생각으로, 그렇게 절실한 것은 아니었다.

하지만 단 하나, 60세까지만 직장생활을 하자는 다짐은 확고한 나의 신념으로 굳어 있었다. 해서 60이 되는 해에 나는 한 치의 주저함이나 망설임도 없이 명예퇴직을 했다. 그것이 1999년 2월의 일이다.

퇴직을 하고 2년간은 어떻게 지나갔는지도 모르게 흘러갔다. 늘 감질나기만 하던 낚시도 신물이 날 정도로 해 보고, 여기저기 여행도 다녀 보고, 산에도 사흘돌이로 가 보고, 호주에 이민 간 아들네도 느긋하게 가 있다 오고……

그러나 호사다마(好事多魔)라 했던가? 망구(望九)의 부모님이 고향을 지키고 계셨는데, 어머니께서 갑자기 뇌졸중으로 쓰러지신 것이다. 해서 맏이인 내가 어쩔 수 없이 고향에 내려간 것이 그대로 고향을 지키며 살게 되었다.

꼼짝 못 하고 누워만 계신 어머니 수발도 그렇게 녹록하지만은 않았다. 전에는 그렇게 인자하기만 하시던 어머니가 당신 육신이 괴로우셔서 그랬는지, 아니면 마음까지 변하셨는지 툭하면 짜증을 부리시고 화를 내셨다. 축 늘어진 어머니를 추스르느라고 아내와 내가 쩔쩔맬라치면 젊은것들이 뭐가 힘들다고 엄살이냐며 아주 못마땅해 하셨다.

게다가 아버지마저 툭하면 역정을 잘 내셨다. 왜들 그러실까? 너그럽게 이해하자고 하면서도 야속하고 섭섭한 마음이 앞섰다. 답답한 가슴에 스트레스만 쌓여 갔고, 신경성 위염까지 생겼다.

이게 아니다 싶었다. 결국 나는 모든 것을 잊기로 했다.

'아무것도 생각하지 말자. 그리고 오직 텃밭 가꾸기에 온 정력을 다 쏟아붓자.

이렇게 혼자서 몇 번이고 다짐을 했다. 텃밭이 200여 평, 집에서 조금 떨어져 있는 밭이 300여 평, 해서 모두 500여 평의 밭농사를 짓기로 한 것이다. 주위 사람들에게 자문을 구하고 이웃들의 조언을 들어가며 이것저것 별것을 다 심어 가꾸었다.

500평 밭농사가 그렇게 만만한 게 아님을 절감하면서도 나는 정말 열심히 일했다. 배추, 무, 상추, 쑥갓, 시금치, 아욱, 파, 마늘, 양파, 고추, 오이, 가지, 양배추, 참깨, 들깨, 콩, 녹두, 참외, 고구마, 강낭콩, 옥수수, 토마토 등등 수도 없이 많은 것들을 가꾸는 재미. 거기다 먹는 재미까지 보태지니 힘든 줄도 몰랐다.

얼굴은 새까맣게 타고 육신은 고단했지만, 마음만은 더없이 평온했다. 그래서 나는 늘 밭에서 살았다. 하루하루가 어떻게 가는지도 몰랐다. '농사일하고 싶어서 지금까지 어떻게 참았냐?'며 비아냥거리는 사람도 있었다.

한데, 우리 마을이 '스토리와 테마가 있는 마을 가꾸기' 사업 대상
으로 선정되었단다. 시에서 보조를 받아 여러 가지 사업을 추진하는
중에 새로운 문패 달기 사업도 있는 모양이다.

지금까지 우리가 보아 온 그런 문패가 아닌 아름다운 모양에 예쁜
색상으로 그 집을 단적으로 나타낼 수 있는 글귀를 넣은 문패. 문패
만 보고도 그 집이 어떤 집인지, 어떤 사람들이 사는 집인지 금방 알
수 있는 재미있고 기발한 문패를 집집마다 달아 주었다.

경운기 제일 먼저 산 집:　남편 ○ ○ ○
　　　　　　　　　　　　　아내 ○ ○ ○
중매 잘하는 할머니 댁:　○ ○ ○
멋과 낭만이 가득한 집:　아빠 ○ ○ ○
　　　　　　　　　　　　　엄마 ○ ○ ○
만물박사 할아버지 댁:　○ ○ ○

그리고 우리 집 문패는

귀농한 선생님 댁:　　　남편 홍성열
　　　　　　　　　　　　아내 김영희

이렇게 되어 있다. 누가 보면 농사깨나 짓는 집으로 알 것 같다. 농
사를 짓기 위해 우리가 시골로 내려온 것은 분명 아니었는데…….

그러나 나는 이 문패가 마음에 든다. 처음에는 하루하루 보내기가

끔찍하고 답답해서 못살 것 같던 시골이, 이제는 이곳을 떠나서는 하루도 못살 것 같다. 해서 서울을 갔다가도 금방 뛰어 내려오곤 한다.

　이제 모든 잡념을 다 버리고 채소를 가꾸고, 곡식을 기르면서 이곳에서 노후를 보내련다. 정성껏 키운 채소와 곡식은 나를 속이지 않는다. 내가 노력한 만큼 나에게 보답할 줄도 안다. 나는 고향에서 밭농사를 지으며 말년을 보내련다. 아, 나는 고향이 참으로 좋다.

똑똑한 손자와 팔불출 할아버지

귀향기

　내가 서울 생활을 접고 귀향한다고 했을 때, 내 주위 사람들의 반응은 두 가지로 확연했다.

　"암, 잘 생각했네. 뭬 아쉽다고 악머구리 끓듯 하는 이 서울 바닥에서 말년을 보내누. 나같이 갈 곳이 없다면야 모를까, 어엿한 고향이 있겠다. 고향에 찾아가 아름다운 자연을 벗 삼아 텃밭이나 가꾸며 유유자적 한유를 즐기면 그것이 파라다이스고, 바람직한 노후가 아니겠는가!"

　하는가 하면, 내가 귀향하려는 속내를 대강이라도 아는 사람들은 한결같이

　"신중하게 생각하라고. 그게 그렇게 쉬운 일은 아닐 걸세. 이제 당신도 남의 도움을 받을 나이인데 어떻게 노인들 수발을 들겠다고, 또 오랫동안 따로 살던 사람들이 아무리 부모 자식 사이라고는 하지만

같이 산다는 것이 그리 녹록한 것만도 아닐 터인데…….”

나는 6남매의 맏이다. 남동생이 셋, 여동생이 둘. 바로 밑에 동생과 나이 차이가 12살이나 난다. 그것은 6·25 때 내 밑으로 줄줄이 넷이나 몹쓸 병으로 세상을 떴기 때문이다. 막내가 큰아들하고 단 두 살 차이다.

나는 고향에서 중학교까지 마치고 고등학교부터 죽 서울에서, 그러니까 객지 생활을 했다. 대학을 마치고 군대엘 다녀오고 33년 동안을 죽 서울에서 고등학교 선생 노릇을 했다. 흔히들 교직을 천직으로 알았다느니, 사명감을 가지고 뭐 어떻게 했다느니 하더라만, 나는 천만의 말씀이다.

이제 와서 좀 미안한 이야기이기는 하지만, 나에게는 그저 교직이 밥벌이의 수단일 뿐이었다. 해서 어떤 때는 그런대로 보람도 느끼고 또 재미도 있고 했는가 하면, 또 어떤 때는 정말 따분하고 답답해서 죽을 지경인 적도 있었다.

어쨌든 ‘60까지만 직장 생활을 하자.’ 나는 이렇게 수시로 다짐을 하곤 했다. 하지만 꼭 그렇게 되리라는 믿음은 없었다. 한데 60이 가까워 올 무렵, 실세 교육부 장관 이 아무개라는 사람이 교육혁신을 이룬다나 어쩐다나 교육계를 발칵 뒤집어 놓은 적이 있었다. 교권은 땅에 떨어지고, 학생들은 선생을 우습게 알고, 학생이 선생을 구타하는 끔찍한 사건이 벌어져도 학생을 처벌할 생각은 못 하고 학부모 눈치나 살피는 교장에, 선생들은 속이 부글부글 끓어도 더러워서 못 해 먹겠다는 탄식만 하던 그 시절.

교사 정년까지 단축시키는 수모를 당하면서 "아! 바로 이때로구나." 나는 미련 없이 명예퇴직 신청서를 냈다. 퇴직에 대한 갈등이나 망설임 같은 것은 추호도 없었다. 30년 이상 봉직한 교직을 정말 아무 미련 없이 떨쳐 버렸던 것이다. 그것이 1999년 2월의 일이다.

이렇게 홀가분할 수가. 내 몸을 욱죄던 보이지 않은 쇠사슬이 확 풀어진 듯, 내 가슴을 짓누르던 육중한 바윗덩이가 부서져서 산산이 흩어진 듯, 내 몸과 마음은 창공을 훨훨 나는 듯 상쾌하고 가볍기만 했다. 늦잠 자는 여유도 누려 보고 늘 감질나서 안달을 부리던 낚시도 신물이 나도록 며칠씩 해 보고 국내는 물론 해외여행도 수시로 다녀 보고 정말 신나고 여유로운 나날이었다.

같은 무렵 퇴직한 동료들끼리 등산모임도 만들어 일주일에 하루는 꼭 산에 올라 서울 근교 산은 물론, 전국의 유명한 산이란 산은 거의 섭렵하다시피 했다. 참 시간도 빨리 흘러갔다. 퇴직한 게 엊그제 같은데 벌써 3년이란 시간이 후딱 지나가버린 것이다.

그러던 중 호사다마라 했던가? 전혀 예상하지 못했던 일이 불시에 나를 강타했으니!

어느 날 갑자기 날아든 비보.

어머니가 쓰러지셔서 읍내 병원으로 모셨는데, 큰 병원으로 가라고 해서 분당 차병원으로 지금 가는 중이라는 다급한 전갈이었다. 고향을 지키며 노구를 이끌고 지금껏 농사일을 하시던 부모님. 뇌경색이란 진단.

한 달여의 병원 생활을 끝내고 퇴원하신 어머니는 반신불수가 되셔서 꼼짝 못 하고 누워서 생활하는 신세가 되고 말았다. 원체 연만하시다 보니 성한 한쪽 팔다리도 아무 소용이 없었다. 누구의 도움이 없이는 전혀 기동이 불가능한 상태. 변소 출입도 못하셔서 둘이 들어서 변기에 앉혀 드리고 일이 끝나면 또 들어다 눕혀 드려야 하는 처지.

그런 어머니의 수발들 사람은 우리 내외밖에 없다고 나는 판단했다. 동생들은 하나같이 애들 공부시키고 밥 벌어먹기에 눈코 뜰 새 없는 처지였기 때문이다. 우리는 큰애는 결혼해서 진작 분가해서 살고 있고 둘째, 셋째아들은 호주로 이민 가서 살고 있고 나는 퇴직해서 하는 일 없이 집에서 소일하는 처지니, 맏이라서가 아니라 누가 봐도 우리가 어머니를 모시는 것이 당연시되었을 터.

해서 아내와 나는 귀향하기로 합의. 그리하여 우리의 파란만장한 시골 생활은 시작되었는데…….

우리 아버지! 일곱 살에 아버지를 여의고 억척스런 청상 어머니 밑에서 당신이 항용 하시는 말씀대로 산전수전 다 겪으며 자수성가하기까지의 인생역정. 나는 할머니에게서 또 아버지로부터 귀에 못이 박히도록 들어온 터.

한데, '아버지' 하면 칠순을 넘긴 지금까지도 나는 혈육으로서의 어떤 안온함이라든지 포근하고 의지하고픈 생각보다는 무섭고 편편치 못한 관계로만 생각되니, 이는 필시 어릴 때부터 내 머릿속에 각인된 아버지의 모습이 사라지지 않고 있기 때문이리라.

나의 어린 시절, 아버지는 내게 무섭기만 한 존재였다. 조금씩 조

똑똑한 손자와 팔불출 할아버지

금씩 땅을 늘리는 재미에 먹는 것 입는 것도 모르고 그저 일밖에 모르시던 분. 해서 내 어린 시절은 남들 같지 못하고 괴롭고 고달프기만 했었다.

나는 어릴 때부터 안 해 본 일이 없었다. 쟁기질, 가래질, 논매기 같은 농사일은 안 했는데, 이는 어린아이는 할 수 없는 일이었기 때문이었고 나무하기, 꼴 베기, 가뭄에 물 푸기, 모심기, 타작하기 등등 할 수 있는 일이라면 무엇이든 해야 했다.

읍내에 서커스단이 들어왔다고 일요일에 온 동리 아이들이 모두 서커스 구경을 가도, 나는 감히 구경 가겠다는 말도 꺼내지 못했다. 식구끼리 하는 타작을 도와야 했기 때문이다. 할머니, 아버지, 어머니, 나, 이렇게 네 식구가 하는 일이 참 많았다.

초등학교 대항 축구대회가 열리는 날도 친구들은 도시락을 싸 가지고 다들 구경을 가건만, 나는 모를 심어야 했다. 이러다 보니 친구들에게 따돌림을 당한 적도 자주 있었다.

중학교 때.

어느 일요일의 일이다. 공교롭게도 우리 논은 큰길 옆에 붙어 있어서 오고가는 사람들이 다 보인다. 그날도 우리는 식구끼리 모를 심고 있었는데, 읍내에 축구대휜지 뭔지가 있어서 거기 갔다 오던 근처 마을 친구들이 우리 모심는 옆에 와서 자전거를 세워 놓고,

"야, 뭐하니? 쉬어서 해라."

하며 떠들썩했다.

'개새끼들. 뭐하는지 보면 모르냐?'

나는 정말 창피해서 머리를 들지 못하고 모춤만 꾹꾹 꽂고 있었다. 남들같이 구경도 못 가고 일을 하는 게 왜 그렇게 창피하기만 하던지! 한데 아버지는 내 행동거지가 되게 못마땅하셨 던 모양.

"병신같이 친구들이 부르는데 대답도 않고 저런 저……."

내가 못마땅해서 나무라실 때면 으레 쓰이는 상투어, "병신같이." 70이 넘은 지금도 아버지로부터 때때로 듣는 이 말이 나는 정말 듣기 싫다.

초등학교 5학년 때. 그때 일만 생각하면 지금도 나는 소름이 끼친다. 무더운 여름날. 논두렁을 깎고 들어오신 아버지가 뜬금없이 방학숙제 한 것을 가져오라는 것이다. 나는 영문도 모른 채 몇 가지 숙제 물들을 아버지 앞에 대령했다. 한데, 아버지는 내가 내놓은 숙제물 들은 거들떠보시지도 않고 벼 품종 조사한 숙제물을 내놓으라는 것이다.

내용인즉슨 아버지가 논두렁을 깎고 있는데 봉필이란 놈이 쫄랑쫄랑 다가오더니 몇 개의 벼 잎을 내밀며, 이것은 무슨 벼 잎이며 또 이 넓죽한 것은 무슨 벼 잎이냐는 둥 너스레를 떨면서 묻더라는 것이다. 그래서 그건 왜 묻느냐니까 방학 숙제로 벼 잎을 채집해서 품종을 조사해 오라는 숙제라고 하더라는 것이다.

봉필이. 놈은 몇 년 전 전라도에서 우리 마을로 이사를 온 놈이다. 나이도 나보다는 두 살인가? 위인 데다 반죽 좋고 넉살 좋아 어른들에게도 잘 부니는 그런 놈인데, 나와 같은 학년이었다. 나는 내성적인 데다 그놈같이 수다스러운 놈은 영 질색이었다. 한데 하필

똑똑한 손자와 팔불출 할아버지

그놈이…….

아버지는 그놈을 몹시 부러워했다.

"애가 씩씩하고 붙임성 있고 저래야지, 이건 애비 옆에 얼씬하려 하지를 않으니, 에이……."

평소에 쌓였던 불만이 숙제물을 빌미로 일시에 폭발. 그날 나는 죽지 않을 정도로 매를 맞았다. 솥뚜껑만 한 억센 손으로 내 두 손목을 꽉 움켜잡은 아버지는 몽둥이로 사정없이 후려쳤다. 나는 정말 기절할 지경이었다. 이러다 내가 죽을지도 모른다는 생각이 들었다. 그 후로 나는 아버지가 더 무서워지고 아버지 옆에만 가도 숨이 멎을 것 같이 되었는지도 모른다.

나는 봉필이 놈을 얼마나 저주했는지 모른다. "개새끼." 그리고 그런 숙제를 내준 선생님을 또 얼마나 원망했는지 모른다. "씨팔 은방조 잎이 넓죽하면 어떻고, 팔달 잎이 다른 벼 잎보다 짧으면 또 어떻단 말인가? 남산 14호는 어떻고, 또 풍옥은 어떻고……."

아니 이런 것들이 초등학교 5학년 어린놈들에게 왜 필요하단 말인가? 후일 내가 선생 노릇을 하며 학생들에게 숙제를 낼 때면 나는 어김없이 늘 이 날의 기억을 떠올리곤 했다.

읍내 중학교에 들어가서 나는 8㎞가 넘는 거리를 자전거로 통학했다. 마을 앞을 지나는 70번 도로. 지금은 버스도 많이 다니고 차가 연락부절이지만, 그때만 해도 버스는 하루에 한두 차례. 그리고 차들은 어쩌다 한 번씩 지나가는 그런 길이었다. 여학생들이나 자전거를 살 형편이 못 되는 집 아이들은 모두 그 먼 길을 걸어서 통학을 했다.

울퉁불퉁한 자갈길을 자전거로 통학하는 것도 결코 수월한 일은 아니었다. 지금은 누우면 코 닿을 거리도 걷는 사람을 볼 수 없더라만, 그때는 너나없이 걸어 다니던 시절. 길에는 걸어 다니는 사람들이 끊이질 않았는데 닷새 만에 서는 읍내 장날이면 길거리가 뿌듯하게 사람들이 물결을 이루었다.

읍내 장이 서는 날. 친구들은 이날을 학수고대했다. 풍년상회에서 아버지와 만나기로 약속이 된 애들은 학교가 파하기 무섭게 그리로 달려갔지만, 그렇지 않은 친구들은 장바닥을 위아래로 휘젓고 다니며 아버지를 찾아 헤맸다.

풍년상회는 쌀가게다. 우리 마을 단골이다. 가게 뒤쪽 널찍한 마당 한편에는 큰 가마솥이 두 개 걸려 있는데, 구수한 냄새를 풍기는 국이 항상 설설 끓고 있었다. 우리 마을 사람들은 남녀를 불문하고 으레 그 집에다 진을 치고 거기서 국밥으로 점심을 먹곤 했다.

아버지를 만난 친구들은 풍년상회 안채에서 맛있는 국밥도 배불리 얻어먹고 필요한 용돈도 타고 기분이 한껏 부풀어 있었지만, 아버지를 만나지 못한 친구들은 풀이 죽어서 풍년상회 주위를 겉돌며 시간을 보냈던 것이다.

한데 나는 장날이 하나도 반갑지 않았다. 반갑기는커녕 아버지를 만날까 봐 겁을 먹고 조바심이 났다. 해서 장날이면 나는 학교가 끝나기 무섭게 사거리에서 시내로 들어가지 않고 곧장 집 쪽으로 혼자서 내달렸던 것이다. 장날 아버지로부터 국밥이라도 한 그릇 얻어먹는다는 것은 정말 상상도 할 수 없는 일이었다.

정말이지, 나는 어린 시절 아버지에게서 사탕 한 알이라도 얻어먹

똑똑한 손자와 팥불출 할아버지

어 본 기억이 없다. 연필 공책 하나 내 마음에 드는 것을 사 본 적도 없다. 공책은 거무스름한 종이에 파리똥같이 시커먼 반점이 여기저기 찍혀 있는 종이를 사다 잘라서 늘 매 주시고, 연필은 나뭇결이 좋지 않아서 제대로 깎이지도 않고 심은 잘 써지지도 않는 것이 꼭 철심 같아서 시원찮은 종이만 찢어먹는 것을 사다 주셨다.

어쨌든 먹고살기 위해서 좀 뒤에는 조금씩 늘어 가는 재산을 모으기 위해서 무섭게 살아오신 아버지를, 지금은 그래도 조금 이해가 되지만 어릴 때는 얼마나 야속했는지 모른다.

중학교 졸업식 날.

나는 당고모부님에게 억지로 끌려가서 난생처음 자장면을 얻어먹고는 얼마나 혼란스러웠는지 모른다. 이럴 수도 있는 건가? 돈 내고 먹어 본 음식은 그 자장면이 처음이었다. 아! 그때 그 맛. 나는 그때 그 자장면의 맛이 지금도 생생하다.

나는 고등학교 때부터 아버지와 떨어져 살게 되었다. 대학을 졸업하고 군대엘 갔다 와서 결혼을 하고, 바로 취직을 해서 서울 생활을 죽 하다가 이번에 어머니가 풍으로 쓰러지시는 바람에 부모님과 우리 두 내외 이렇게 네 식구가 시골 생활을 하게 된 것이다.

직장생활을 할 때 흔히들 배짱에 틀리는 일이라도 있을라치면 "에이, 더러워. 시골 가 농사나 짓지." 한다든지 "정년퇴직하고 시골 가서 텃밭이나 가꾸며 살련다." 하더라만 어림없는 소리. 농사가 그리 만만한 것이 아님을 나는 진작부터 잘 알고 있었던 터. 해서 시골 생활을 시작하면서 하다못해 텃밭이라도 가꾸어 볼 생각도 못 하고 하루하루 어머니의 수발드는 일이나 하며 시간을 보내고 있었다.

그런데 어머니는 당신 혼자서는 운신을 못 하시면서도 잠시를 누워 계시려 하지를 않았다. 갑갑해 죽겠다며 늘 밖에 나가기를 원하셔서 그게 보통 일이 아니었다. 한여름 뙤약볕 아래서도 땀을 뻘뻘 흘리며 휠체어를 밀고 다녀야 했고, 겨울에는 춥지 않게 잔뜩 싸매고 솜이불을 두르고라도 나다녀야 했다.

병이 나시기 전 그 좋던 마음은 다 어디로 갔는지, 어머니는 툭하면 투정을 부리고 짜증을 내셨다. 큰 수술을 두 번이나 받은 아내는 영 힘을 쓰지 못해서 어머니를 양쪽에서 들어 휠체어에 태우고 내리는 일이 여간 고역이 아니었다. 둘이 쩔쩔맬라치면 어머니는 심히 못마땅하셔서

"젊은것들이 쩔쩔매기는……."

하며 투덜거리셨다.

"어머니, 우리도 이제 국가에서 인정하는 노인이에요. 젊기는……."

나는 정말 야속할 때도 있었다.

젊어서는 마나님을 그렇게 박대하시던 아버지가 어찌된 판인지 지금은 어머니에 대해 지극정성이시다. 혹시라도 우리가 어머니를 구박하지 않나 해서 늘 신경을 쓰신다. 될 수 있으면 휠체어도 당신이 손수 끌고 다니시려 했다.

빈말인지 어떤지, 남들은 할아버지가 마나님 끌고 다니시는 게 참 보기 좋다고들 하더라만, 혼자 걷기도 버거우신 90 노인이 휠체어를 끌고 다니시는 게 그렇게 좋게만 보이지는 않았다. 하지만 아버지는

똑똑한 손자와 팔불출 할아버지

우리에게 휠체어를 맡기기보다는 손수 끌고 다니시는 걸 자랑스럽게 여기시고 또 무척 좋아하시는 듯했다.

그래서 하루에도 몇 번씩 큰길 건너 산 밑에서 식당을 하는 동생네, 그러니까 둘째 아들네 집을 갔다 왔다 하시곤 한다. 말이 났으니 이야기인데, 우리 마을 앞 큰길로 다니는 정기노선 버스 기사들이 우리 동네 사람들만 만나면 "그 휠체어 끌고 다니는 노인 제발 찻길에 나오지 못하게 좀 해 달라."고 신신 당부를 하더라는 것이다.

이건 뭐 좌우를 살피고 어쩌고 하는 게 아니라 무조건 찻길로 휠체어를 밀고 들어선다는 것이다. 해서 처음에는 아찔한 순간도 있었지만, 지금은 노인이 끄는 휠체어가 저만치 나타나기만 하면 차들이 알아서 서고 휠체어가 서서히 여유 있게 길을 건넌 다음에야 움직인다는 것이다. 그러면서 자손들은 있는 노인인지, 그 자손들을 한번 만나야 되겠다고 벼르더라는 이야기를 듣고 나는 어이가 없었다.

하지만 나는 감히 아버지께 제발 찻길에는 휠체어 끌고 나가시지 말라는 말씀을 드리지 못했다. 그랬다가는 또 벼락이 떨어질 게 뻔했기 때문이다. 나는 아버지께 할 말도 못하고 산다. 아니, 그건 나뿐 아니라 동생들도 마찬가지다. 아버지의 말씀은 곧 우리 집의 법이기 때문이다. 누구 하나 이의를 제기한다든지 거역하질 못했다.

구십을 넘기신 지금도 마찬가지다. 다른 부모들은 대개 나이가 많으시면 비굴할 정도로 자식이나 며느리 눈치나 슬슬 보고 한다더라만. 우리 아버지는 그게 아니다. 적수공권(赤手空拳) 어린 나이에 홀어머니 밑에서 갖은 고난 다 이겨 내고 말년에는 그래도 부농 소리를 들을 만큼 가세를 일궜으니, 어디 평범한 분이었겠는가.

남들같이 먹기를 했나, 입기를 했나, 장엘 가도 국밥 한 그릇을 안 사 먹고 지금까지 술·담배 모르고 그저 죽을 둥 살 둥 일밖에 몰랐다고, 자랑인지 아니면 뒤늦은 후회인지 푸념이 잦으신 아버지.

그런데 요사이 아버지의 심기가 늘 불편하셔서 참 죄송스럽다. 우리가 어머니 수발드는 것도 그리 탐탁치 못하게 생각하시는 데다, 무엇보다도 나의 일거수일투족이 영 못마땅하신 모양이다.

얼마 전부터 아버지는 마을 앞에 비석을 해 세우라고 말씀하셨다. 남양 홍 씨 집성촌인 우리 마을 내력을 자세히 기록해서 비석을 해 세우라는 것이다. 몇 번 이야기하시는 것을 나는 건성으로 들어 넘겼다. 그런 일을 한다면 마을에서, 아니면 남양 홍 씨 문중에서 할 일이지 개인이 할 일이 아니라는 생각이었다.

아버지는 석물하는 곳을 찾아가 알아도 보시고, 어쩌고 하시는 듯하더니 그 문제는 뒷전으로 물러나고 요새는 마을 뒷동산에 고총을 파 버리라는 것으로 종사를 삼으신다. 일제 때 밥술깨나 먹는다는 근동 최 씨네가 우리 마을 뒷동산에 산소를 쓰려는데, 우리 마을에서 반대하는 기색을 알고는 상여 앞에 칼 찬 순사를 앞세우고 와서는 묘를 썼다는 것이다. 우리 마을 사람들은 집집마다 솔가지를 때서 온 마을이 연기가 자욱하도록 하는 것으로 분통을 삭였다며, 그때의 그 수모를 늦었지만 지금이라도 풀어야 한다는 것이다.

떵떵거리던 최 씨네가 망해서 그 산소는 이제 돌보는 이 없이 방치된 상태인 모양. 아버지는 진작부터 이장에게 그 묘를 파 없애라고 몇 번 얘기했지만 알았다고만 할 뿐, 도대체가 말을 듣지 않는다는

똑똑한 손자와 팔불출 할아버지

것이다. 노인회장에게 얘기해도, 개발위원장인가 뭔가에게 얘기해도, 도대체 어느 한 놈 들어먹는 놈이 없다는 것이다.

나는 두 번이나 아버지에게 끌려 그 고총을 가 봤다. 한데 하도 오래 방치된 터라, 묘인지 모를 고분의 가운데에는 큰 참나무가 서 있고 그저 밋밋한 평지였다. 아무리 고총이라도 함부로 손을 대면 안 된다는 내 말에 아버지는 어이없어하시면서, 당신 말에 순종하는 놈이 이제 아무도 없다는 어떤 절망감을 느끼시는 것 같았다.

우리가 시골로 내려올 때만 해도 아버지는 일말의 기대를 하셨던 것 같다. 대학을 나오고 공직 생활도 수십 년 했으니 모든 일에 앞장서서 마을을 이끌어 나가고 좌지우지할 줄 알았는데, 이건 뒷전에 물러서서 있는지 없는지 존재조차 희미하니 영 속이 상하시는 모양이다.

"나는 소학교 문간에도 못 가 봤다만 동네 일이고 문중 일이고 내 손으로 다 이룬 사람이다. 배웠으면 배운 보람이 있어야지, 이건 병신같이…… ."

나는 어릴 때부터 듣던 이 "병신같이…… ." 어쩌고 하는 정말 듣기 거북한 이 소리를 70이 넘은 지금까지도 수시로 듣는다. 그러니 자식들 앞에서 특히나 며느리 앞에서 이 못난 시애비의 체면이 뭐가 된단 말인가!

얼마 되지 않은 시골 생활 동안 나는 아버지와 크고 작은 충돌을 수도 없이 겪었다. 아니, 충돌이라기보다는 일방적인 호통이었지만.

내가 보기에 아버지는 굉장히 독선적이고 고집도 세셨다. 당신이 일단 옳다고 생각하신 일은 누가 뭐래도 굽히실 줄 모르셨다. 이의를 제기하면 그것을 도전으로 여기시고 여간 언짢게 생각하시는 게 아니었다. 시골 마을에서, 그것도 같은 문중이 대부분인 우리 마을에서 어른 노릇을 하며 떠받들어만 왔기 때문은 아닌지?

우리가 처음 시골로 내려왔을 때 아버지는 변기에 소변을 보시는 게 아니라 욕실 바닥에다 보셨다. 나는 기겁을 했다. 아무리 물을 아낀다 해도 아낄 게 따로 있지 냄새나게 왜 바닥에 소변을 보시냐니까, 냄새는 무슨 놈의 냄새냐며 아버지는 그걸 타내는 나를 몹시 아니꼽게 여기시는 것 같았다.

일하다 들어오셔서 흙투성이인 손발을 툭툭 털고 식사하시고 또 그대로 잠자리에 드시는 분. 해서 아버지에게서는 늘 시큼한 땀 냄새가 나기 마련이었다. 위생이고 뭐고 그런 걸 따질 계제가 아니었다. 한번은 동생이 대변을 싸신 어머니 뒤처리를 하는데 고무장갑을 끼고 하니까 부모 똥이 뭐 더럽다고 고무장갑이냐며 호통을 치셨단다. 자식은 오직 부모를 위해 존재하는 것이라 생각하시는 분이다.

어머니가 쓰러지신 지 일 년쯤 지나서다. 우리는 사랑채를 수리해서 부모님을 그리로 모실 계획이었다. 한데 그것 때문에 또 분란이 났었다.

안채는 좀 높이 지었기 때문에 계단을 일곱 개나 올라가야 현관문을 들어갈 수 있었다. 휠체어가 오르내리기에는 여간 불편한 게 아니었다. 처음에는 휠체어를 마당에 놓고 어머니를 업어다 앉히곤 했는데, 그것이 어려워서 계단에 긴 판자 두 개를 걸치고 가까스로 오르내리다, 그것도 어려워 결국 사랑채로 모시려 했던 것이다.

똑똑한 손자와 팔불출 할아버지

벽에 스티로폼을 두껍게 대서 냉난방이 제대로 되게 하고, 옆에 붙은 광을 개조해서 수세식 화장실에다 샤워시설도 해서 환자를 돌보기 편리하게, 될 수 있는 한 힘이 덜 들게 하려 한 것인데……. 아버지는 그걸 용납하려 하지 않으셨다.

"응, 그래 이제 아주 쫓아내려 하는구나. 염려 말아, 우리가 나갈테니. 자식이 몇씩 있는데 갈 곳 없겠냐? 그 잘난 것 하는 게 뭬 그리 힘이 든다고……."

툭하면 아버지는 우리더러 서울로 가라고 하셨다. 서울 가서 편안하게 살지, 왜 너희가 여기 와서 고생이냐는 거다.

한번은 서울 사는 큰아들 내외와 중학생 손자가 내려왔다. 연일 계속되는 찜통더위. 그날따라 땀이 줄줄 흐르고 별나게 더 더운 것 같이 느껴지는 날씨였다. 서울 식구들은 더위에 더 괴로워하는 듯했다. 선풍기를 두 대씩이나 틀어 놓았지만 더운 바람이 훅훅 풍길 뿐, 아무 소용이 없었다. 보다 못한 아내의 눈이 에어컨으로 간다.

"잠깐 틉시다. 저 애물단지."

에어컨을 사서 한 해 여름을 나고 우리는 시골로 온 것이다. 한 해 여름도 몇 시간이나 틀었는지, 우리는 안달을 떠느라고 마음 놓고 한번을 제대로 틀어 보지도 못했다. 시골에 와서 설치는 했지만 감히 켤 엄두를 못 내고 커버를 씌운 채 한쪽 구석에 자리만 차지하고 있는 터였다.

"아니, 이렇게 더운 날 잠깐씩 트시지, 언제 틀려고……."

큰아들이 거들었다. 우리는 참 오랜만에 큰맘 먹고 에어컨을 잠깐

틀기로 했다.

한데, 휠체어를 밀고 둘째 아들네를 다녀오신 아버지는 땀을 뻘뻘 흘리시며 현관문을 밀고 들어오시다가는 멈칫 서서 나를 노려보시며,

"잘하는 짓이다. 배웠다는 놈이⋯⋯."

하시고는 문이 부서져라, 쾅 닫고 나가시는 것이었다. 아내는 완전히 울상, 아들은 멍해 있고, 손자는 얼른 진상 파악이 안 되는 듯 눈만 끔적 끔적, 며느리는 하염없이 내 얼굴만 응시하는 것이었다.

나는 속이 상하고 답답할 때면 앞 밭에 나가 한 시간이고 두 시간이고 먹는 것도 잊은 채 시간을 보내는 버릇이 생겼다. 상추, 쑥갓, 아욱, 오이, 가지, 토마토, 배추, 파, 감자, 옥수수, 참외⋯⋯. 철 따라 별의별 것을 다 심어 놓고 들여다보며 정성을 쏟았다.

작물은 주인 발소리 듣고 자란다고 했던가? 철철이 밭에서는 온갖 부식 거리가 지천으로 나왔다. 생활비도 생활비려니와 내 손으로 채소를 가꾸어 먹는 그 재미라니! 손바닥만큼 심은 상추는 주체를 못해서 사흘이 멀다 하고 동생네를 뜯어다 주곤 했다. 예닐곱 포기 심은 오이도 아침에 보면 맺힌 것이 몇 개 있는 것 같았는데, 저녁때 보면 주렁주렁 정말 거짓말같이 많이 달리고 또 쉬 자랐다. 무쳐 먹고 오이지 담그고 해도 남아돌아서 늙은 오이가 천덕꾸러기 신세가 되기도 했다.

텃밭이 화수분이었다. 풀도 뽑아 주고 벌레도 잡아 주고 들여다보기만 해도 마음이 흐뭇하고 시간 가는 줄 몰랐다. 그런 나를 두고 마을 사람들은 "아니, 농사일하고 싶어서 어떻게 그렇게 오랫동안 나가

있었누? 너무 들여다보면 곡식이 못 자란다우." 하며 놀리기도 했다.

마을회관 뒤 남을 주었던 이 밭을 올해부터는 우리가 하기로 아내와 계획을 세웠다. 마을 사람들은 모두 우리의 조언자요 코치였다. 지나가다 밭에 쫓아 들어와 이렇게 해라, 저렇게 해라, 귀찮을 정도로 잔소리를 늘어놓고 어떤 사람은 손수 시범까지 보이는 것이었다.

처음 참외를 심었을 때 덩굴이 무성하고 참외도 참 많이 달려서 애지중지 덩굴을 다칠까 봐 조심을 하는 판인데, 한 사람이 쫓아 들어오더니 덩굴 두 개만 달랑 남기고 다 잘라 내는 게 아닌가!

올망졸망 그 많이 달린 참외, 또 장차 달릴 꽃, 나는 기겁을 했지만 그는 속이 훤히 들여다보이게 솎아내고는 두 마디 자라면 순을 치고 어쩌고 잔소리를 했다. 하지만 나는 그가 하는 소리가 하나도 귀에 들어오지 않았다. 그리고 잘라 낸 덩굴에 달린 참외만 그렇게 아까울 수가 없었다.

또 한 번은 고추가 어찌나 많이 달렸는지, 사람들마다 칭찬을 하고 이제 농사꾼이 다 되었다느니 농사꾼보다 농사를 더 잘 짓느니 하면서 치켜세우는 것이었다. 나는 가지가 찢어질세라 일찌감치 줄을 매고 정성을 쏟았다. 고추는 약을 자주 쳐야 한다고 남들은 수시로 약을 뿌리더라만, 나는 누가 약을 치라고 할 때도 "약은 무슨 우리가 먹을 것인데." 하며 끝내 농약을 치지 않았다.

말이 났으니 말이지만, 농사꾼들이 무심히 뿌려 대는 농약을 나는 얼마나 걱정했는지 모른다. 저러면 안 되는데……. 나는 김매고 풀 뽑는 걸 못 봤다. 그걸 뽑아서 어떻게 감당하느냐며 손쉽게 제초제를 뿌려 대는 것이다. 저러면 안 되는데……. 나는 저놈의 제초제 때문에 언제고 우리가 큰 재앙을 맞을 거란 두려움을 가지고 있었다. 해서, 웬만해서는 제초제는 물론, 다른 농약도 쓰지 않기로 다짐을 하던 터였다.

그런데 하루는 무심히 고추 포기를 바라보다 나는 아연실색했다. 그 많이 달린 고추가 하나같이 거뭇거뭇 반점이 생긴 것이다. 아니, 어제까지도 멀쩡했는데. 물론 내가 발견하지 못했을 뿐 얼마 전부터 조금씩 진행되었을 터이지만 말이다. 소위 말하는 '탄저병'이란다.

나는 탄저병이 고추농사에는 그렇게 치명적인 줄은 미처 몰랐다. 그 많이 달렸던 고추가 삽시간에 썩어 떨어지는 데는 속수무책이었다. 정말이지 첫물도 따지 못하고 고추 농사는 망치고 말았다. '농약 없이는 농사 못 짓는다는 농민들의 푸념을 나무랄 수만도 없구나.' 하는 생각을 하게 되었다.

나는 아버지의 푸념도 들어가면서 때로는 닦달도 당해 가면서 그런대로 밭농사로 위안을 삼아 가며 시골 생활에 조금씩 적응해 가고 있었다.

그런데 아버지와의 사이는 시간이 지날수록 점점 더 벌어져만 갔다. 아버지는 내가 하는 일이 하나같이 못마땅하신 것 같았다.

한번은 마을에 초상이 나서 발인하는 날이었다. 마당에 상여를 대고 시신을 옮긴 다음 발인제를 지낼 때다. 나는 동네 사람들과 같이 한쪽에서 발인제를 지켜보고 있었다. 그런데 저쪽에서 아버지가 지팡이를 휘저으며 오고 계셨다. 다짜고짜 내 앞으로 다가오신 아버지는 눈을 부라리시며

똑똑한 손자와 팔불출 할아버지

아니, 병신같이 왜 제사 참예를 않고 한쪽 구석에 서 있냐

며 호통을 치시는 것이었다. 그 사람들 많은 중에. 나는 얼른 자리를 피하는 수밖에 없었다. 같은 성씨이기는 하지만 가까운 촌수도 아니고, 굳이 내가 제사에 참예할 계제는 아니라고 생각했다. 날마다 아버지는 얼굴만 맞대면 들먹거리셨다.

"무식해도 나는 그러지는 않았다. 대학까지 나왔다는 놈이 배웠으면 배운 티를 내야지, 배운 본이 뭐여? 아, 그런 일에도 앞장서서 솔선해야 모두 따라 할 게 아닌감? 에이……."

무슨 변명이 필요하고 어떤 항변이 있을 수 있으랴.

"이 꼴 저 꼴 안 보고 일찍 죽었어야 하는 건데, 에이……."

서투르면 아버지는 우리보고 서울로 가라고 하셨다. 집안 걱정, 동네 걱정, 문중 걱정, 참 걱정도 많으셨다. 집안 돌아가는 꼴이 말이 아니라는 것이다. 마을도 엉망이라는 것이다.

마을 안 밭둑에는 옥수수를 절대 심지 못하도록 하라는 것이다. 마을이 가려서 절대 안 된다는 것이다. 그러나 거기 순응하는 사람은 아무도 없었다. 옥수수 잎이 너울너울 우거지면 보기도 좋을뿐더러 옥수수는 밭둑 같은 여벌 땅에 심는 게 관례가 아닌가.

새로 뽑은 이장이 아버지는 마음에 안 드시는 모양이다. 이장을 바꾸라는 것이다. 아니, 이장 뽑은 지가 얼마나 되었다고. 또 이장이 우리 집 머슴인가? 누구 마음대로 바꾸느냐고 했다가 나는 또 보기 좋게 면박만 당하고 말았다. 그런 것 하나 마음대로 바꾸지 못하는 놈이냐는 거다.

"누구 마음대로긴 병신같이……."

어머니가 쓰러지신 지 어언 4년이 지났다. 임종이 가까워 옴을 예감한 우리는 어머니 장례에 대한 문제를 거론하지 않을 수 없었다. 엄청난 파고를 예상하면서 조심스럽게 아버지께 말씀드렸다. 어머니가 돌아가시면 장례는 읍내 도립병원 식장에서 치르겠다고.

그때. 이 무슨 귀신 씨 나락 까먹는 소리냐는 듯, 어처구니없이 한참을 말문도 못 여시고 나를 노려보기만 하시던 아버지.

"아니, 만장 같은 집을 두고 병원에서 장사를 치른다니, 그렇게 귀찮고 싫으면 논두렁에 갖다 버리고 꽉꽉 밟아라. 원, 천하에……."

어머니가 돌아가시기 이틀 전까지 우리 집에는 모진 폭풍우가 휘몰아쳤다.

작년에 어머니는 91세로 생을 마감하셨다. 마나님이 돌아가셨으니 할아버지는 이제 금방 따라 돌아가실 거라고 촌로들은 말했다. 어머니가 돌아가시고 나자 아버지의 기력은 현저히 떨어지셨다. 누워만 계실 때가 많았다.

한데 한 달도 못 돼서 원상으로 회복되셨다. 식욕도 왕성해지셨고 동생네 식당에도 하루에 몇 차례씩 들락거리셨다. 아니 집구석이 왜 이리 조용하냐며 이게 사람 사는 집구석이냐며 별걸 다 트집이셨다. 대소변을 싸신 날은 더 역정을 내셨다.

"나 똥 쌌다."

팬티를 문밖으로 홱 집어 던지며 화를 내셨다. '똥 싼 ○이 성낸다.'는 말이 자꾸 생각나서 나는 웃음만 나올 뿐이었다. 어쩌면 저리 당당하시기만 할까? 나는 그저 아내에게 미안할 뿐이다.

똑똑한 손자와 팔불출 할아버지

가끔 싸시던 대소변. 이제 그 빈도가 점점 잦아진다. 화장실로 가
시면서 줄줄줄줄 싸신다. 통제 불능이신 모양이다. 기저귀도 소용없
고 약도 아무 효험이 없었다. 그러면서도 온갖 참견 다 하시려 들고
세상만사 다 근심 걱정 투성이니 이를 어쩌면 좋으랴!

아무리 부족한 게 많고, 아무리 문화 시설이 없고, 아무리 친구가
없어도, 또 아무리 아버지가 나를 병신 같다고 들볶으셔도 나는 이제
시골이 좋다. 어쩌다 서울엘 갈라치면 정말 답답해서 못 살 것 같다.
 나는 마당 가운데 큼직한 파라솔을 꽂을 수 있는 식탁을 만들어 놓
았다. 그리고 바비큐 시설도 갖춰 놓았다. 손님이 오면 삼겹살을 사
다 굽고, 텃밭에서 상추, 쑥갓을 뜯고, 풋고추도 따다 푸짐하게 파티
도 벌인다.
 또 한쪽 마당가에는 큰 가마솥 두 개도 걸어 놓았다. 하나는 뼈다
귀를 사다 곰국을 끓이는 솥이요, 다른 하나는 옥수수 철이면 옥수수
를, 고구마를 캘 때면 고구마를 솥으로 하나 가득 쪄 놓고 서울에 있
는 친구들을 불러서 휘영청 밝은 달 아래 마당 가운데 식탁에 앉아
배가 터지도록 먹을 수 있는 그런 솥이다.

 작년에는 배추를 대책 없이 많이 심어서 이 친구 저 친구에게 배추
갖다 김장하라고 연락을 했었다. 오고가는 기름 값. 또 빈손으로 올
수 있나, 하다못해 고기라도 한 근 사 올라치면 서울에서 배추 사서
하는 것보다 몇 배 비싸게 먹힌다는 걸 뻔히 알면서도.
 나는 올해도 배추를 더 많이 심으련다. 농약을 하나도 주지 않고

잘 길러서 더 많은 친구들에게 나누어 주련다. 그리고 배추를 가지러 오면 고구마도 조금, 감자도 조금, 무, 달랭이도 조금, 갓, 당파, 홍당무, 이런 것들도 조금씩 싸서 보내리라. 그리고 시골 와서 같이 살자고 권해도 보리라.

똑똑한 손자와 팔불출 할아버지

소 잃고 외양간 고치기

이천 고향으로 내려온 이듬해, 나는 벼르던 끝에 여주 장엘 가서 토종닭 다섯 마리를 사 왔다. 약병아리 정도 된 놈으로 암놈 네 마리에 수놈 한 마리. 주목적은 수정란을 먹자 해서다.

뒤꼍 담에다 붙여서 지은 닭장. 각목과 철사 망을 사다 둘러치고, 슬레이트로 지붕을 한 닭장은 내가 생각해도 그럴듯했다. 모이통, 물통도 직접 제작해서 안에 설치했고, 이웃 노인이 아담하고 예쁜 둥우리도 만들어 줘서 달았다.

쾌적하고 널찍한 닭장 안을 활개 치며 병아리들은 나날이 달라졌다. 석 달이 지나니 수평아리는 제법 장닭 모습을 갖추어 갔다. 홰를 치며 우는 흉내도 냈다. 아직 어설프고 소리도 트이지 않아서 탁한 소리이기는 했지만. 암탉들도 앙바틈한 게 제법 꼴이 갖추어져 갔다.

언제부터인가? 어느 놈이 낳았는지 꿩 알보다 조금 큰 알을 한 개 낳았다. 그러더니 샘이나 하듯 너도나도 알을 낳기 시작했다. 한동안은 네 마리가 매일 알을 낳았다. 좀 지나니, 어느 날은 두 개 또 어떤 때는 세 개를 낳기도 했다. 어쨌든 달걀은 사지 않고 풍족하게 먹었다. 서울 아들네를 수시로 보내고도 남아돌았으니.

그리고 이듬해 봄, 한 마리가 안기 시작했다. 둥우리를 차지하고 들어앉아 있을라치면 다른 암탉들이 알을 낳으려고 둥우리로 올라가 어떤 때는 두 마리, 세 마리가 같이 앉아있기도 했다. 안는 놈 알을 줘서 한번 병아리를 까게 해 보고 싶었다. 알 15개를 넣어 주었다.
한데 알을 품고 있던 닭이 잠시 둥우리를 내려올 때 보니, 알 숫자가 늘어나는 것이다. 품고있는데다 다른 닭들이 알을 낳아서다. 15개만 남기고 새로 낳은 것 같은 알은 수시로 꺼냈다.
다른 닭들 때문에 알을 제대로 굴릴 수가 없어서 그랬는지, 아니면 제대로 품지를 못해서 그랬는지, 20일이 지났는데도 아무 기척이 없다. 실패했다는 느낌이 들었다. 닭을 내쫓고 알을 확인해 보니 하나같이 모두 곯았다. 아깝게 알만 버렸다.

올봄 암탉 한 마리가 일찌감치 둥우리를 차지하고 안는다. 음, 두 번 실패는 없다. 나는 단단히 준비를 했다. 칸을 막아서 안는 닭과 다른 닭들과는 완전히 격리시켰다. 그리고 이번에도 알 15개를 주었다.
한데 이놈은 알을 품은 채 둥우리에서 내려오는 것을 영 못 보겠다. 사료와 물을 특별히 챙겨 주건만 사료를 먹은 흔적도 보이지 않는다.

똑똑한 손자와 팔불출 할아버지

일주일쯤 지나 하도 모이 먹는 것을 볼 수 없어서 알을 품고 있는 닭을 땅에 내려놓고 알을 확인해 봤다. 아무 이상도 없는 것 같다. 알을 품 느라 제대로 먹지를 못해서 그렇겠지. 가뿐하다. 산고라니.

알을 넣어 준 지 20일이 되는 날이다. 조바심이 난다. 여전히 어미 닭은 알을 품은 채 미동도 않는다. 수시로 닭장 주위를 맴돌며 동정 을 살폈다.

그런데 정오쯤 되어서 드디어 삐악삐악 병아리 소리가 난다. 그러 면 그렇지. 조심스레 어미닭을 들춰 봤다. 병아리 두 마리가 보인다. 알 두 개는 구멍이 나고 곧 깨고 나올 것 같다.

저녁때까지 9마리를 깠다. 상자에 담아서 거실로 옮겼다. 어린 병 아리를 사료만 주면 똥구멍이 막혀 죽는다고, 계란 노른자위를 주라 고 해서 고운 사료에 노른자위를 으깨서 주었다. 갓 깨어난 어린 것 들이 연신 모이를 쪼아 먹고 물도 먹곤 한다.

토종닭이라 그런가? 하나같이 흑갈색이고 등에는 줄이 나있는 놈 도 있다. 앙증맞고 귀엽다.

이튿날도 어미닭은 둥우리에서 내려오지 않고 남은 알 6개를 계속 품고 있다. 옆에만 가도 날갯죽지를 세우고 쪼려드는 놈을 잡고 알을 꺼내서 흔들어 보니 하나같이 출렁출렁 흔들린다. 다 곯았다. 그러 니까 15개에서 9개만 부화시키고 6개는 실패한 것이다. 다 깠으면 좋 았으련만.

병아리 9마리를 하룻저녁은 거실 박스 안에서 재우고 다음 날 어미 에게 넣어 주었다. 그리고 우리 내외는 서울 아들네를 갔다. 사흘 묵기를 작정하고였다. 사료와 물도 사흘 동안 충분하도록 주고 갔다.

그런데 하루가 지나니까 병아리 때문에 불안해서 도저히 배길 수가 없었다. 고심 끝에 나만 먼저 내려왔다. 오는 길로 닭장부터 살폈다. 한데, 이놈 봐라. 고양이 한 마리가 닭장 앞에 떡 버티고 앉아 있는 게 아닌가!

내가 다가가자, 놈은 훌쩍 담을 뛰어넘어 달아나는 것이었다. 불길한 예감이 스쳤다. 아니나 다를까! 병아리가 세 마리밖에 보이지 않는 것이었다. 어리석은 나는 짐승들이 닭장 안에는 들어갈 수 없다는 것만 생각했다. 병아리들이 작은 철망 구멍으로도 얼마든지 빠져나온다는 것은 미처 상상도 못했던 것이다.

행동이 점점 활발해진 병아리들이 급기야는 활동 범위가 넓어져 망구멍으로 빠져나오게 되었고, 호시탐탐 기회만 엿보던 고양이란 놈에게는 절호의 찬스. 비호같이 낚아채 갔던 것이다. 내가 조금만 늦게 왔어도 한 마리도 남기지 않고 다 고양이 밥을 만들 뻔했다. 불쌍하고 아까운지고.

아니, 아무리 아둔한 짐승이라도 새끼들이 변을 당하는 꼴을 빤히 보았을 터. 그러면 다른 새끼들에게 단단히 타일러서 절대 자기 품을 벗어나지 못하도록 잡도리를 했어야지, 금쪽같은 새끼들을 하나하나 잃어 가면서 어미로서 도대체 한 일이 뭐란 말인가?

소 잃고 외양간 고친다더니 내가 꼭 그 꼴이다. 모기장을 사다 닭장을 뺑 둘러치다 말고 잊기라도 한 듯, 나는 서둘러 아내에게 전화를 했다. 그리고 아내 때문에 그런 일이 벌어지기라도 한 듯 버럭 화

똑똑한 손자와 탈북출 할아버지

를 냈다.

"병아리 고양이란 놈이 다 물어 갔어. 어유……."

나는 아내가 무슨 말을 하기도 전에 전화를 탁 끊어 버렸다.

우리 마을 쉼터

우리 마을은 70번 도로에서 500여 미터쯤 떨어진 곳. 야산이 삥 둘려 처진 안에 마치 삼태기 모양의 아늑하게 자리 잡은 농촌 마을이다.

도로에서 50미터쯤 들어가면 양쪽으로 마을을 감싸 안은 듯 길이 두 갈래로 갈라진다. 한데, 그 길가에는 수십 년 묵은 노송들이 늘어서 있어 사시사철 그 경치가 볼만하다. '거기 심은 가로수가 왜소나무니까 그렇지, 그게 조선소나무였다면 얼마나 품위 있고 멋스러웠을까?' 하고 나는 얼마나 아쉬워했는지 모른다.

듣기로는 왜정 때 면서기로 다니시던 우리 집안 할아버지뻘 되시는 어른이 면에서 묘목을 얻어다가 심었다고 하는데, 그게 맞는 이야기 같다. 그때는 조경을 생각해서보다는 큰길에서 마을이 너무 빤히 들여다보이니까 그것을 좀 가리려는 목적으로 나무를 심었다고 했다.

어쨌거나 우리 마을 입구 가로수는 근동에서는 익히 알려진 절경이

똑똑한 손자와 팔불출 할아버지

다. 70번 도로를 지나던 사람들이 가로수가 멋있다며 일부러 들어와서 둘러보고 가곤 한다.

한데 10여 년 전 마을 앞길이 양쪽으로 갈리는 지점에 조그마한 공원을 조성했다. 뭐 공원이랄 것도 없다. 이름 하여 '한개내 쉼터'. '한개내'는 우리 마을 옛 이름이다. 주위에는 삥 둘러 쥐똥나무를 심어 울타리도 만들고 느티나무, 벚나무, 후박나무, 단풍나무 등 조경수도 어울리게 여러 그루를 심었다. 쉼터 중앙에는 근처에서 석재상을 운영하는 분이 큰맘 먹고 마을을 위해 사방 다섯 자나 되는 돌 침상을 놓아 주고 주위에는 긴 돌의자도 설치해 줬다.

그런데 그 돌 침상 옆에 심은 등나무가 그간 자라서 우거져 아주 훌륭한 그늘을 만든다. 마을 사람들 말로는 대한민국에서 이 쉼터같이 시원한 곳은 아마 없을 거란다. 도로 쪽에서 마을을 향해 빨려들듯 불어오는 바람은 정말 삼복더위에도 가슴속까지 시원하게 해 준다.

빈말이 아니라 더위가 싹 가실 만큼 정말 시원하다. 돌 침상은 또 얼마나 상쾌하고 시원한지. 게다가 쉼터 옆에 연꽃을 심은 조그마한 연못은 또 얼마나 운치 있고 멋스러운지…….

해서 우리 마을 쉼터는 인기 만점. 언제나 사람들의 발길이 끊이질 않는다. 한여름에는 정말 인기 절정이다. 아침만 먹으면 하나둘 사람들이 모여든다. 등나무 밑 시원한 돌 침상에 앉아 있을라치면 마을을 나가는 사람, 들어오는 사람, 나가는 차, 들어오는 차 등을 세세히 다 볼 수 있다.

해서 '아, 누구네는 오늘 나들이를 하는구나. 음, 아무개네 시집간 딸이 오는 게로군. 지금 들어가는 차는 처음 보는 찬데 누구네 오는 차지?' 이렇게 마을에서 일어나는 일을 지긋이 바라보며 나름대로 어떤 판단도 해 보는 것이다.

종종 있는 일이지만 쉼터에서는 과일 파티, 음료수 파티도 벌어지곤 한다. 누가 읍내 나갔다 오는 길에 과일을 한 보따리 사 왔다든지, 객지에 나가 사는 누구네 아들이 오랜만에 고향에 왔다가 마을 사람들이 모여 있는 것을 보고 음료수를 한 박스 사서 디밀고 갔다든지 해서다.

어떤 때는 고기 굽는 냄새가 마을에 진동할 때도 있다. 삼겹살을 구워서 푸짐한 잔치를 벌이기 때문이다. 또 어느 날은 누가 미꾸라지를 잡아 왔다고 추어탕을 끓여서 땀을 뻘뻘 흘리며 포식들을 하기도 한다.

모이면 말도 많고 먹을 것도 많다. 아낙들은 남정네들에게 쉼터를 빼앗겼다며 투덜거리고, 남자들은 빼앗긴 여자들이 쉼터에 온다고 누가 못 오게 하느냐며 느긋해 한다.

동네 온갖 소문도 쉼터만 가면 금방 다 들을 수 있고, 갖가지 농사 정보도 쉼터에서 얻는다. 풀 한 포기 뽑을 생각은 않고 쩍하면 제초제를 마구 뿌려 대는 사람을 충고하는 곳도 여기고, 아무개네 고래실 논은 올해는 절대 비료를 주어서는 안 된다고 열을 올리는 곳도 여기다. 고추 탄저병이 왔다며 무슨 약을 치라고 일러 주기도 하고 누구는 고추에 웬 약을 그렇게 자주 치느냐고 일깨워 주기도 한다.

'한개내 쉼터'는 우리 마을 사람들에게는 없어서는 안 될 소통의

똑똑한 손자와 팔불출 할아버지

장, 정보의 장, 더위를 물리치는 휴식의 장, 또 때로는 입도 즐겁게 해 주고, 눈도 즐겁게 해 주는 곳이다.

올여름은 유난히 더울 것이라는 예보다. 하지만 더우면 더울수록 우리 마을 쉼터는 더더욱 그 진가를 발휘할 것이다. 어디 더울 테면 더워 보라지!

칠십대

내가 나이를 의식하기 시작한 게 아마 칠십을 넘으면서부터가 아닌가 생각된다. 어느새 칠십이라니! 젊었을 때 '칠십' 하면 굉장히 나이 많은 노인으로 생각했었는데, 내가 어느새 그 칠십대를 넘어섰다니.

'인생 칠십 고래희'라는 말이 지금은 맞지 않는다고는 하지만, 어쨌거나 내 생각으로는 칠십은 우리 인생에 있어서 한 고비임에는 틀림없는 것 같다. 칠십대가 되니 왜 이리 시간은 빨리만 가는지.

인생 속도가 50대는 50㎞, 60대는 60㎞, 70대는 70㎞로 달린다더니 그 말이 진정 맞는 것 같다. 점점 가속이 붙어서 획획 지나가는 것 같다. 지난 달력 찢은 지가 엊그제 같은데 어느새 새달이 다 가고, 6월. 벌써 반년이 후딱 갔나 했는데 성큼 연말이 코앞에 다가오고…….

아무리 장수하는 세대라고는 하지만 그래도 칠십대는 어쩔 수 없는

똑똑한 손자와 팔불출 할아버지

인생 내리막길이 아니던가! 모든 게 전과 같지 않다는 걸 은연중에 자꾸만 의식하게 된다. 기억력이 현저히 떨어지는 것 같다. 무엇을 생각해 내려고 아무리 머리를 짜 내도 영 그 무엇은 떠오르지를 않아서 답답할 때가 한두 번이 아니다. 몸도 무겁기만 하다. 순발력도 떨어져서 툭하면 넘어지기도 잘한다.

나는 운동이랍시고 하루에 한 차례씩 자전거를 타고 들길을 돈다. 귀향 후 10년 가까이 계속하는 나의 유일한 취미라면 취미다. 농로가 잘 포장되어 있는 데다 차도 거의 다니지 않아서 자전거 타기에는 더 없이 좋다. 대부분 평지이기 때문에 힘들 것도 없다.

매일매일 자전거를 타다 보니 어느새 습관이 된 듯 하루라도 거르게 되면 영 개운하지를 않다. 해서 비가 오나 눈이 오나 자전거를 끌고 나선다. 한데 전에는 그런 일이 없었는데 요즘은 툭하면 잘 넘어진다. 정강이 여기저기 푸른 멍이 가실 날이 없다.

그런 나를 두고 나를 좋게 보아주는 사람은 정말 대단하다며 그 나이에 어떻게 그렇게 한결같이 운동을 열심히 하느냐며 감탄을 한다. 그런가 하면 나를 못마땅해 하는 사람은 아주 노골적으로 비아냥거린다. 운동은 얼어 죽을 무슨 놈의 운동이냐며 얼마나 오래 살겠다고 그렇게 극성을 떠느냐는 거다. 오래 사는 것과 건강하게 사는 것은 엄연히 다를 텐데……

하지만 남들이 뭐라고 입방아를 찧든 괘념하지 않으련다. 내가 좋아서 내가 하고 싶어서 하는 일, 누가 뭐라 하든 무슨 상관이랴. 게다가 내 건강까지 지켜 주는 한 방편이 아닌가!

십수 년 전. 교직을 명퇴한 후, 나는 본의 아니게 귀향하게 되었다. 노부모님이 돌아가시면 다시 서울로 가리라 한 것이 어찌어찌하다 보니 그대로 고향에 주저앉게 되었다. 꽤 많은 전장은 다 남을 주고 텃밭 200여 평과 마을 끝자락에 있는 밭 300여 평, 해서 모두 500여 평만 소일삼아 한다고 내가 경작하기로 했다. 참 열심히 일했다. 재미도 있었다.

온갖 채소와 곡식을 다 심었다. 무, 배추, 오이, 참외, 가지, 도마도, 상추, 쑥갓, 아욱, 당근, 양파, 마늘, 고추, 참깨, 들깨, 콩, 팥, 녹두, 옥수수, 감자, 고구마, 양배추…….. 이런 것들을 내 손으로 길러 먹는 재미라니! 곡식은 주인 발소리를 듣고 자란다고 했던가? 잠시도 쉬지 않고 밭엘 오가며 열심히 뛰었다. 정말 하나도 힘든 줄 몰랐다. 조금이라도 힘들었다면 절대 그렇게는 하지 못했으리라.

한데, 천진난만하다고나 할까? 아니면 세상 물정에 어둡다고나 할까? 순수하고 착하기만 한 친구 한 사람이 있다. 그는 나를 얼마나 부러워하는지 모른다. 산 좋고 물 좋은 시골. 텃밭이나 가꾸며 유유자적 한유를 즐기는 너야말로 진정 신선놀음이 아니고 뭐냐며 자기 꿈이 바로 그런 것이라고 했다. 한적한 시골에서 텃밭이나 가꾸며 두 양주 오순도순 말년을 보내는 것이 자신의 유일한 희망이자 목표라고 만날 때마다 되뇌던 친구.

일손 도울 게 있으면 언제라도 연락하라고 하도 성화를 하기에 한 번은 고구마를 캐러 오겠느냐고 전화를 했다. 그랬더니 기다리고 있

똑똑한 손자와 팔불출 할아버지

었다는 듯 다음 날 득달같이 달려왔다. 추리닝 작업복에 모자, 장갑, 수건, 장화, 얼음물까지, 그의 준비는 지나치게 철저했다.

고구마 캐는 일도 그렇게 호락호락한 것은 아니다. 우선 뒤엉킨 덩굴을 걷어내는 일부터가 그렇게 수월하지 못하다. 호기 있게 달려든 친구는 덩굴 걷는 일에서부터 헉헉대기 시작했다. 불과 몇 포기를 캐고는 연신 땀만 비 오듯 흘리며 얼음물만 들이켰다. 결국 그는 한 골도 채 캐지 못하고 녹초가 되고 말았다.

안쓰러워 차마 볼 수가 없었다. 나는 그에게 캔 것을 줘서 보냈다. 행여나 집에 가서 몸살이나 나지 않았을까? 은근히 걱정이 되었다. 나중에 확인해 보니 괜찮았다고는 하는데, 정말 괜찮았는지…….

그 후부터 그 친구는 만나면 군살이 배긴 내 두 손을 어루만지며 너 참 대단하다고, 그 힘든 일을 어찌 해내느냐고 혀를 내두른다. 그리고 시골 가서 텃밭이나 가꾸고 어쩌고 하는 가당찮은 이야기는 쏙 들어갔다. 잠깐의 체험으로 자신의 생각이 얼마나 허황된 꿈이었으며 농사일이 그렇게 호락호락한 게 아니라는 걸 절감한 모양이다. 그래, 농사라는 것이 네가 생각하는 것같이 신선놀음도 아니고 낭만적인 것도 아니다. 정말 뼛골 빠지게 힘들고 어렵다는 걸 문득문득 느끼게 된다.

요즘 들어 부쩍 몸이 더 무겁고 힘이 달리는 듯하다. 앉았다 일어서려면 몇 바퀴나 뺑뺑이를 돌아야 하고 쌀 한 가마는 지고 일어나는 듯 얼른 일어나지지를 않는다. 아무래도 70고개를 넘어섰다는 티를

내는 것 같다. 그러니 어쩌랴. 올해는 텃밭 200평이나 하고 마을 끝
자락에 위치한 300평은 남을 주어야 할 것 같다.
　아! 어쩌다 반갑잖은 나이는 이렇게 많이 먹었담.

귀농(歸農)

근래 귀농이 한창 유행인 듯합니다. 해서 신문이나 TV 등 매스컴에서도 귀농해서 성공한 사례들을 자주 소개하곤 하더군요. 지방마다 앞다투어 귀농인을 유치하기 위한 정착금 지원이라든지 여러 가지 선심 정책도 많이 내놓는 듯합니다.

귀농이란? 국어사전을 찾아보니 '다시 농사를 지음 (대) 이농(離農)'이라 되어 있습니다. 농사를 짓던 사람이 외지에 나가 다른 일에 종사하다가 어떤 연유에서건 농촌으로 돌아와 다시 농업에 종사한다면 그건 분명 귀농이죠.

한데 애초부터 도회지에서 나고 자라서 농사와는 전혀 관계없는 일에 종사하던 사람이 하던 일을 접고 농촌에 가 농사를 짓는다면? 글쎄, 그건 귀농이 아니고 전농(轉農)이라 해야 하지 않을까요? 하지만 농촌에 가서 농사만 지으면 다 귀농이라 하는 것 같더군요.

나와 같은 경우는?

나는 어린 시절 고향에서 중학교를 다니고 고등학교 때부터 죽 서울에서 살았습니다. 고등학교 선생 노릇을 하다가 명예퇴직을 하고 60이 넘어서 고향 농촌에 내려와 살게 되었죠. 농사를 짓겠다든지 전원생활을 즐기겠다는 그런 차원이 아니었죠. 연만하신 부모님 두 분이 고향을 지키셨는데, 어머니가 갑자기 풍으로 쓰러지시는 바람에 얼떨결에 내려오게 되었는데 어찌어찌하다 보니 그대로

눌러앉게 되었답니다.

어릴 때 살던 농촌으로 다시 돌아와 살게 되었으니 이것도 귀농이라 할 수 있지 않을까요?

우리 집 대문간에 문패를 보면 종래의 문패와는 전혀 다른 모양을 하고 있습니다.

"귀농하신 선생님 댁 홍성열 김영희

이천시 대장로 38번 길 51호"

이렇게 쓰여 있는 A4 용지보다 약간 작은 크기의 천연색 문패가 떡 붙어 있습니다. 남들이 보면 무슨 큰 뜻이라도 품고 와서 농사를 짓는 줄 오해나 하지 않을까 걱정도 됩니다. 물론 내가 개인적으로 만들어 단 것이 아니고, 우리 마을이 무슨 모범마을이라나 해서 관에서 만들어 달아 준 것이랍니다.

고향에 돌아와 한 해를 어영부영 살다 보니 너무 단조롭고 무료해서 안 되겠더라고요. 무엇이건 소일거리라도 만들어야겠다는 생각을

똑똑한 손자와 팔불출 할아버지

했습니다. 우선 텃밭을 가꿔 보기로 했죠. 우리는 전답이 꽤 많았답니다. 아버지가 연만하시어 농사를 지을 수 없게 되자, 전장을 다 남을 주었죠. 어우리로요. 논은 많았는데 밭은 얼마 되지 않았습니다. 텃밭이 200여 평 남짓하고 마을 끝자락에 있는 밭이 300평, 모두 합해서 500여평 되었답니다.

농촌 태생이긴 하지만 어려서부터 도회지에서만 살았으니 농사에 대해 뭐 하나나 아는 게 있어야죠. 언필칭 하는 일이 잘 안 되거나 직장에서 아니꼬운 일이라도 당할라치면 "에이, 더러워. 시골 가 농사나 짓든지 해야지." 하더라만 농사라는 게 그렇게 아무나 할 수 있는 일인가요?

텃밭 200평. 그것도 만만하게 볼 게 아니더라고요. 남들 하는 것 보아 가며 코치도 받아 가며 이것저것 가꾸었죠. 왜 낭패를 당하는 일이 없었겠습니까? 하지만 참 여러 가지 푸성귀며 곡식을 가꿨죠. 상추, 쑥갓, 열무, 아욱, 토마토, 오이, 참외, 고추, 옥수수, 참깨, 들깨, 콩, 녹두, 가지, 파, 마늘, 양파, 쪽파, 무, 배추, 부추, 갓, 도라지, 더덕, 울타리 콩, 감자, 고구마, 근대, 시금치, 생강……

작은 밭에 여러 가지를 심다 보니 한 품종을 많이는 심을 수 없고 그저 조금씩 심게 되더라고요. 그래도 실컷 먹고 두 아들네도 보내고 인심도 쓸 수 있었답니다.

밭농사를 지으면서 내가 고집을 부린 것은 농약을 치지 않겠다는 것이었습니다. 해서 첫해 고추농사는 완전히 망쳤답니다. 고추같이 농약을 많이 칠까. 남들이 사흘돌이로 농약 치는 것을 나는 걱정만 하고, 누가 약을 쳐야 한다고 말할 때면 "약은 무슨. 우리가 먹을 것인데 좀 덜 따는 일이 옳지." 이렇게 대수롭지 않게 생각했더니 그게 아니더라고요.

별 탈 없이 싱싱하게 잘 자란 고춧대에 방아다리 고추가 풋고추로 따 먹을 만하게 크고 양쪽 가지에는 정말 탐스럽게 고추가 주렁주렁 열렸습니다. 바라보는 것만으로도 흐뭇했죠.

그런데 하루는 무심히 고추를 바라보다가 눈길이 딱 멎었죠. 손가락 크기만큼 자란 고추들에 거뭇거뭇 반점이 보였습니다. 자세히 살펴보니 그런 것들이 많더라고요. 심상치 않다고 느꼈죠. 아니, 어제까지도 깨끗했는데……. 갑자기 번졌는지 내가 미처 발견하지 못했던 것인지, 글쎄 그건 잘 모르겠습니다.

탄저병이랍니다. 급속도로 번지는 데는 속수무책. 한 사흘이 지나니 하나도 성한 것이 없더군요. 탄저병이란 게 이렇게 무서운 줄을 미처 몰랐습니다. 젠장, 오기가 나더라고요. 고춧대를 다 뽑아 버렸습니다. "농약 안 치고는 농사 못 짓는다니까요." 참 한심하다는 투로 내게 던지는 한 농부의 말이었습니다.

비록 고추농사는 망쳤지만 다른 작물들은 참 신기하리만치 잘되었습니다. 멋모르고 상추는 꽤 많이 심었는데, 주체를 못 해서 식당 하는 동생네 사흘이 멀다 하고 뜯어다 주었답니다. 그저 무엇이건 조금씩 심어도 우리 먹을 만큼은 충분히 수확을 하고 어떤 것들은 조금 심었는데도 정말 주체할 수 없이 많아서 오히려 귀찮을 정도였답니다.

토마토와 가지가 그랬습니다. 토마토는 10포기, 방울토마토 5포기 이렇게 심었는데 수시로 따 먹고 손자들도 따다 주고 그래도 남아서 잼도 만들고 주스도 만들고 했답니다. 아내는 노골적으로 꽐대를 하며 내년에는 조금만 심자는 얘기를 몇 번이나 했는지 모른답니다.

가지는 또 어떻고요. 가지도 여남은 포기밖에 안 되는데 열리기 시작하니까 사흘돌이로 양동이로 하나씩 땄답니다. 화수분이 따로 없더라고요. 동생네로 보냈지만 워낙 많다 보니 여러 가지 요리도 개발했답니다. 특히 가지전은 정말 물릴 정도로 많이 해 먹었죠. 그러고도 꽤 많이 썰어 말렸답니다.

옥수수도 쏠쏠하게 재미를 봤습니다. 본래 옥수수는 여벌 땅에 심는 것으로 알았기에 우리도 밭가에 빙 둘러 심었죠. 시차제로 나누어서. 그리고 옆에는 울타리 콩도 심었답니다. 옥수수 수확이 끝나면 울타리 콩이 옥수수 대를 감고 올라가서 제대로 잘된다고 하네요. 옥수수는 정말 너무 많이 따서 몇 집에 보내고도 쪄서 냉동을 시켜 놓고 일 년 내내 먹는답니다. 덤으로 울타리 콩도 대견히 땄지요.

뭐든지 남아돌아서 다음엔 조금만 심자 하면서도, 어디 그게 그런가요. 올해만 해도 빈 밭에 배추, 무, 달랭이, 갓 등을 잔뜩 심었답니다. 우리는 배추 50포기만 해도 뒤집어쓰고도 남는데 500포기나 심었으니. 그러니 여기저기 친구들에게 무 배추 갖다 김장하라고 연신 전화를 하죠.

해서 매년 우리 집에서 김장거리를 가져가는 단골 친구도 있답니다. 한데 전화를 받고 시큰둥해 하는 친구가 있을 때는 여간 섭섭한 게 아니더라고요. 하긴 기름값 들고 또 그냥 올 수 있나요. 과일이라도 한 상자 사게 되고 하면 서울서 사서 하는 것보다 훨씬 더 비싸다나 어쩐다나.

비닐하우스 안에 길게 구덩이를 파고 배추를 뿌리째 뽑아서 죽 늘어놓고 그 위에 보온덮개를 덮어 보관합니다. 그리고는 추운 겨울 한 포기씩 꺼내서 노란 배춧잎을 쌈으로 먹는 그 맛, 참 별미죠.

천만다행인 것은 아내가 텃밭 농사를 싫어하지 않는다는 겁니다. 투덜거리고 귀찮아하면 어찌합니까. 한데 무엇이건 그저 꽂아만 놓으면 먹는다며 한 톨을 심어서 열 배 백 배 수확을 하니 이렇게 남는 장사가 또 어디 있느냐며 좋아합니다. 나보다도 더 정성을 쏟고 열심입니다.

어쨌거나 우리 내외는 늘 밭에서 살다시피 한답니다. 그놈의 풀은 왜 그리 극성인지요. 뽑고 돌아서면 또 뽑게 되고, 정말 잡초와의 전쟁입니다. 남들은 뻑 하면 제초제를 뿌려대니 깨끗한데, 우리는 일일이 뽑으려니 감당이 안 되는군요. 그러니 다른 사람들이 얼마나 흉을 볼까요.

"미련하긴. 제초제 한 번만 뿌리면 깨끗할 것을 날마다 두 내외가 일머리 없이 풀이나 뽑고 앉아 있으니……. 손바닥만 한 밭, 그것도 농사라고."

이럴 게 뻔하죠.

"아니, 날마다 그렇게 들여다보면 곡식이 주눅이 들어 못 자란다구요."

이렇게 노골적으로 빈정대는 사람도 있답니다. 하나, 누가 뭐라고 하든 괘의치 않는답니다. 내가 좋아서 하고 정성을 다하면 어찌 좋은 결과가 오지 않겠습니까?

똑똑한 손자와 팔불출 할아버지

그리고 나는 걱정이 이만저만이 아니랍니다. 그라목손인가 뭔가 하는 제초제. 그 독한 제초제를 이렇게 마구 뿌려 대니 어쩌자는 겁니까? 월남전 때 고엽제가 얼마나 무서운가를 체험하지 않았습니까?

어떤 사람은 논둑에다 제초제를 얼마나 독하게 뿌려 댔는지 뿌리까지 타 죽어서 풀 한 포기 나지 않고, 조금만 비가 와도 둑이 무너지니까 보온덮개를 덮었더라고요. 이래도 되는 겁니까? 이런 것은 규제를 좀 해야 하지 않을까요? 호주에서는 자연을 훼손한다고 파리약도 팔지 않던데.

다른 사람들이 볼 때는 소꿉장난 같은 밭농사라고 지으면서 어려움도 있었고 시행착오도 있었고 실패도 있었습니다. 물론 쏠쏠한 재미도 있었고 보람도 있었죠. 그런대로 요령도 늘고 노하우도 생겼답니다. 이제 확신과 자신감도 생겼고요.

남들이 하지 않는 거름 자리를 밭가에 만들어 잡초 등을 모으고, 닭을 여남은 마리 기르며 거기서 나오는 계분을 잡초와 섞어 퇴비를 만듭니다. 금비는 가능한 한 쓰지 않는 것으로 하고 집에서 만든 퇴비를 듬뿍 뿌리고 로터리를 친답니다. 그래서 무엇이건 심는 대로 잘되는 것 같습니다.

전에는 코치도 하고 시범도 보이던 참(찰)농사꾼들이 지금은 오히려 나에게 묻곤 한답니다. 무엇을 어떻게 하기에 밭에 심는 것마다 그렇게 잘되느냐고. 참깨, 마늘, 양파 농사는 우리 마을에서 나를 따를 사람이 없다나 어떻다나.

어쨌거나 '흙은 절대 배신하지 않는다. 내가 정성을 쏟은 만큼 반드시 보답한다.' 이것이 텃밭지기 얼치기 농사꾼인 나의 확고한 신념이랍니다.

똑똑한 손자와 팔불출 할아버지

나이 앞에 장사 없다

지난 여름 호주에 사는 막내아들네로 소포를 부칠 일이 있어서 박스 두 개를 만들었다. 하나는 김, 미역, 멸치, 오징어채, 북어포 등을 넣은 해산물. 또 하나는 손자 손녀들의 옷가지며 학용품들이었다.

우체국에 도착해서 박스 두 개를 카운터에 올려놓고 차례를 기다렸다. 한참 만에 차례가 되어 이 소포를 부치려 한다니까 40대 중반쯤 됨직한 직원은 쳐다보지도 않고 하던 일을 계속하며 어디로 보낼 거냐고 한다. 호주로 보낼 것이라니까 흘깃 쳐다보며 내용물이 무엇이냐는 거다.

하나는 해산물, 하나는 애들 옷이라고 하니까 좀은 난감한 표정을 지으며, 제가 지금 좀 바쁜데 서류를 작성하려면 한참을 기다리셔야 할 것 같단다. 내가 작성할 테니 용지나 달라니까 직원은 나를 다시 한 번 쳐다보며 가당찮다는 표정으로 어르신이 작성하실 수 있겠느냐는 거다.

시력도 시원찮을 테고 한글도 아닌 영어로 받는 사람과 보내는 사
람 이름, 주소, 전화번호, 물품명 등을 적어야 하니 말이다. 해서 그
는 으레 자기가 대필해야 할 것으로 치부하고 좀은 귀찮게 생각했던
것 같다. 미덥지 않은 표정으로 용지를 건넨 그는 저쪽에 돋보기가
있다고 했다.

나는 그에게서 용지를 받아 해당 사항을 쓰기 시작했다. 내가 작성
해 준 서류를 받아든 그는 한참을 살펴보더니 돋보기도 안 끼시고 글
씨가 보이냐는 거다.

"아니, 보이다마다. 이것도 안 보이면 장님이지."

나는 짐짓 큰소리를 치고 나왔다.

내 비록 백내장 수술은 했다만 신문도 돋보기 끼지 않고 아무 불편
없이 잘 본다. 귀도 잘 들린다. 밥 잘 먹고 잠도 잘 잔다.

지난해 친구의 사위가 원장인 병원에 가서 정기적으로 하는 건강검
진을 받았는데 끝나고 나서 원장이 하는 말이 "아버님, 축하드립니
다." 한다. "아니, 축하라니 뜬금없이 축하는 무슨 축하란 말인가?"
했더니, 아직 자세한 내용은 결과를 봐야 알겠지만 모든 면에서 극히
양호하다며 그 연세에 그 정도면 정말 축하받을 일이란다.

비록 머리엔 하얗게 서리가 내렸을망정 나는 정말 지금까지 나이를
의식하지 않고 살았다. 내가 늙었다고, 내가 노인이라고 생각하지도
않았다.

"아니, 어쩌면 얼굴에 주름 하나 없수? 머리 염색만 하면 예순 아니 예순이 뭐야 쉰이라 해도 되겠수."

흔히 듣는 말이다. 듣기 좋으라고 하는 말이려니 할 수도 있겠지만, 실제로 나이가 많이 들어 보이지는 않나 보다.

어쨌든 머리가 희면 많게는 10년도 더 위로 보는 것 같다. 나도 60대 중반까지는 열심히 염색을 했다. 그렇게 하지 않을 수 없었던 것이 연만하신 아버지는 머리가 검은데 젊은(?) 아들이 무엄하게 백발이니 여간 민망한 게 아니었기 때문이다.

게다가 지엄하신 아버지께서 아들의 흰머리를 절대로 용납하려 하지 않으셨다. 조금만 염색할 시기가 지나도 그냥 넘기시는 법이 없이 "얘, 그놈의 머리 물감 좀 들여라." 하며 아주 못마땅해 하셨다.

머리 염색을 할 때는 전철을 타면 자리를 양보하는 사람이 없었다. 나는 무심히 손잡이를 잡고 서서 갈 수가 있었다. 한데 염색을 중단하고 백발로 전철을 탔더니, 전과는 완연히 다른 분위기를 감지할 수 있었다. 벌떡 일어나 자리를 양보하는 젊은이가 있는가 하면, 양보는 않았지만 머리 허연 사람이 앞에 서 있는 것을 아주 거북해하는 것 같은 느낌이 들었다. 하나같이 스마트폰을 열심히 조작한다든지 아니면 눈을 감고 자는 척하면서도.

그러니 내 쪽에서 전철 타기가 거북하더란 이야기다. 학생이나 젊은 사람 앞에 가서 떡 서면 '이놈아, 어서 일어나' 하고 시위나 하는 것처럼 생각하지 않을까? 해서 나는 어쩌다 전철을 탈 때면 될 수 있는 대로 구석진 자리에 가 서는 버릇이 있다.

한데 얼마 전부터 무단히 오른쪽 어깨가 아프다. 옷을 입으려 팔을 들다가 깜짝 놀라게 아파서 팔을 떨어뜨리고, 등이 가려워서 긁을 요량으로 손을 뒤로 올리려니 허리춤까지밖에 올라가지를 않는다. 세수하기도 힘들다. 어럽쇼? 이게 아닌데.

가까운 병원을 찾아갔더니 X-ray를 찍고 어쩌고 한참을 부산을 떨더니 오십견이라나 뭐라나. 아니, 팔십이 불원한 이 나이에 오십견이라니. 못 들은 걸로 하고 그저 나이 탓이려니 참아 보기로 했다.

내 나이 어언 희수(喜壽). 아무리 내가 젊은이 못지않다고 호언해도, 아무리 나는 늙지 않았다고 앙탈을 부려도 나이는 속일 수 없는 일. 앉았다 일어서려면 가볍게 일어나지를 못하고 한참을 뺑뺑이를 돌며 힘을 모아야 가까스로 일어날 수 있고, 계단을 몇 개만 올라가도 벌써 숨이 차서 헉헉거리게 된다.

무슨 생각이 날 듯 날 듯하면서 영 떠오르지를 않아 끙끙거릴 때가 자주 있다. 여간 답답하고 속상한 게 아니다. 저녁 숟갈을 놓고 TV 앞에 앉으면 5분도 안 되어서 입을 '헤~' 벌리고 꼬박꼬박 졸기 일쑤다.

전에 어머니가 그러시면 흉을 보고 들어가 주무시지 무슨 청승이냐며 면박도 주곤 했는데, 내가 꼭 그 꼴이다. 내가 어머니에게 했던 것처럼 지금 나도 똑같이 자식들에게서 면박을 받는다. 아, 누가 그렇게 시집살이를 시키느냐고……

그러니 어쩌랴! 나도 이제 어지간히 늙었다는 징표가 아니던가. 그

똑똑한 손자와 팔불출 할아버지

래, 너무 신경 쓰지 말자. 다 자연의 섭리려니 속상해하지도 말자. 나이 앞에 장사 없다고 하지 않더냐.

3장

야, 너 이제
운전하지 마라

흰 머리

30대 후반부터 새치라고 하기에는 좀 심할 정도로 흰 머리가 많이 났다. 짬이 날 때마다 흰 머리를 뽑는 것이 큰일이었다. 뽑으면 한 구멍에서 두 개씩 난다고 했던가? 뽑아도 뽑아도 끝이 없고 한이 없었다. 언제부터인가 제풀에 지쳐서, 아니 뽑는 것 가지고는 감당을 못해서 나는 염색을 하기 시작했다. 아마 그게 40대 중반쯤이었으리라.

흰 머리는 유전이란다. 어릴 때 보던 외할머니는 허리가 착 꼬부라지신 백발의 노인이셨다. 어쩌면 까만 머리칼 한 올 없이 그렇게 희기만 하시던지. 어린 나는 마냥 신기하기만 했다. 어머니가 외할머니를 닮으셔서 그렇게 머리가 희다는 것을 나중에야 알았다.

어머니는 일찍부터 참 지성으로 염색을 하셨다. 내 머리가 일찍 흰 것은 어머니로부터 대물림한 유전인 것이 분명하다. 미수(米壽)를 넘

똑똑한 손자와 팔불출 할아버지

기신 아버지는 아직도 흰 머리가 별로 없으시니 말이다.

내가 처음 머리 염색을 할 때만 해도 지금처럼 질 좋은 염색약은 흔치 않았다. 양귀비라는 염색약밖에 몰랐다. 한데, 이놈은 어찌나 독한지 피부가 약한 사람은 옻이 올라서 감히 염색을 할 엄두를 못 내고, 또 피부에 묻으면 영 지워지지를 않아서 때수건으로 밀다 허물이 벗어진 적도 있었다. 미리 콜드크림을 발라도 소용이 없었다.

눈에도 아주 좋지 않다고 했다. 그래서 염색약이 눈에 들어가지 않도록 하려고 얼마나 신경을 썼는지 모른다. 염색 후 아무리 머리를 여러 번 감아도 베갯잇이 금방 시꺼멓게 물드는 것도 여간 신경이 쓰이는 게 아니었다. 또 색이 옅고 짙음이 없이 한결같아서 그것도 마음에 들지 않았다.

한데, 지금은 질 좋은 염색약이 얼마나 많은가? 호수가 매겨 있어서 색깔도 마음대로 선택할 수 있고, 또 사용하기는 얼마나 편리한지.

전에는 참 열심히 염색을 했다. 보기 싫지 않게 하려면 한 달에 두 번은 해야 한다. 그런데 그 비용도 무시할 수만은 없다. 그래서 이발관에서 하던 것이 언제부터인가 집에서 하는 것으로 바뀌었다. 그 번잡스러움, 불편함, 아내의 불만 섞인 타박 등 이런 것들을 감내하면서.

한데, 차차 나이가 들면서 둔감해지고, 그렇게 되니까 자연히 게을러졌다. 흰 머리만 보이면 그렇게 신경이 쓰이고 기겁을 해서 하던 머리 염색인데, 이제는 염색한 지가 오래되어 끝 부분만 검은 기가 남아 있고 밑 부분은 희고 중간 부분은 누렇게 퇴색되고, 참 가관이다. 그런데도 별로 신경이 쓰이지 않으니.

이놈의 머리 염색, 안 하면 안 될까? 참 귀찮아 죽을 지경이다. 어떤 젊은 애들은 멀쩡한 검은 머리를 희게 물들이는가 하면, 빨갛게 또는 노랗게, 별 발광을 다 하더라만.

50대 후반에 들어서서다. 나는 장고(長考)를 거듭했다. 이제 염색을 그만두고 그냥 내버려 둬 볼까? 50대 남자의 머리가 희끗희끗한 게 참 멋있어 보이기도 했다. 고희를 넘긴 노인이 흰 머리 한 올 없이 새까맣게 염색한 것을 보면, 보기 좋기는커녕 어찌나 천박해 보이던지.

보아 하니 나는 염색을 하지 않으면 완전 백발일 게 분명하다. 해서 염색을 하지 않고 그대로 뒀을 때의 모습을 한번 상상해 보았다. 한데, 영 아니올시다만 같다. 복스럽지 못하고 길기만 한 말상, 빈약한 체구, 거기다 하얀 머리를 대입시켜 보기가……

나는 말로만 '염색을 하지 말아야지, 하지 말아야지' 하면서도 행동으로 옮기지 못하고 또 몇 년을 보냈다. 가장 중요한 이유 중 하나는 아버지의 검은 머리 때문이었다. 고민 끝에 '에이 모르겠다. 그래 60이다. 60만 되면 눈 딱 감고 염색을 하지 말자!' 하고 속으로 다짐을 했다.

재작년 호주에 사는 막내아들네 집에를 갔을 때다. 하루 저녁은 파라다이스 호텔에서 하는 쇼 구경을 갔는데, 시간이 좀 일렀다. 홀 안은 환하게 불이 밝혀진 채 텅 비어 있었고 앞 세 줄만 노인들이 앉아

똑똑한 손자와 팔불출 할아버지

있었다. 보아 하니 어느 노인 단체에서 온 것 같았다.

한데, 뒤에서 보니까 그들의 머리는 하나같이 백색 아니면 갈색이었다. 검은 머리는 한 명도 없었다. 아하, 그리고 보니 이 나라에서는 검은 머리 구경하기가 어렵다는 걸 깨달았다. 나도 그들 틈에 끼어 앉으면 아주 자연스러울 거라는 생각이 들었다.

나는 회심의 미소를 머금고 그 후부터는 머리를 염색하지 않았다. 3개월을 머물다 귀국할 때, 내 머리는 완전히 백발로 변해 있었다.

귀국 후 엘리베이터에서 만난 이웃 아주머니는 나를 빤히 쳐다보더니 갑자기 시선을 다른 데로 돌린다. 그러더니 한참 만에 다시 쳐다보며 깜짝 놀라는 것이다. 꼭 다른 사람인 줄 알았단다.

아파트 같은 층에 사는 k씨는 나를 힐끗 쳐다보더니 그냥 지나친다. 그러더니 저만치 가다가는 다시 돌아와서 빤히 쳐다보며 이게 어떻게 된 일이냐는 게다.

어떤 사람은

"그게 뭐유? 염색 하슈. 10년은 더 늙어 보여요."

하는가 하면, 또 어떤 사람은

"참 좋습니다. 이제 그 나이에 무슨 염색을 합니까. 보기만 좋은데……."

이러니, 나는 또 혼란스럽고 그저 떨떠름할 뿐이다.

귀국 인사도 드릴 겸 시골에 계신 부모님을 찾아뵙게 되었다. 한데 아버지의 첫마디가 심상치 않다.

"머리가 그게 뭐냐?"

그러면서 당장 물을 드리라는 거다. 망구(望九)를 눈앞에 둔 아버지의 검은 머리 앞에 이제 60을 갓 넘긴 젊은 아들의 흰 머리는 도저히 용납될 수 없었다. 민망하고 송구스러워 더 이상 버틸 수가 없었다.

내 머리는 금방 또 검게 변할 수밖에 없었다.

그래. 90대 노부모 앞에 60대 아들은 한참 젊은 애가 아닌가? 열심히 염색해서 더 젊어지자. 아버지가 생존해 계실 때까지는.

똑똑한 손자와 탈불출 할아버지

공 대령

1980년대 후반, Y고등학교에 근무할 때다. 속된 말로 나는 그때 낚시에 미쳐서 설치고 돌아다녔다. 그때는 서울 지역마다 낚시회가 수도 없이 많아서 대개 낚시회를 따라 출조(出釣)했다. 내가 살던 곳에서 가까운 이태원에도 B낚시회가 있었다. 나는 B낚시회 정회원이었다.

우리 B낚시회 부회장 공 대령. 육덕이 깍짓동만 한데다 툭 튀어나온 눈이 부리부리하고 풍신 좋은 공 대령. 목소리도 우렁우렁하고 늘얼굴이 불콰해서 겉으로 보기에는 무섭고 감때사나워 보이기만 하던 공 대령.

나는 그의 티 없는 마음을 좋아했고, 구수한 입담을 사랑했다. 나는 그와 같이 있으면 마음이 한없이 안온했고, 그와 같이 출조할 때면 더없이 신이 났다. 나는 그가 낚시꾼이기 때문에 그를 더 좋아했고, 나의 둘도 없는 조우였기 때문에 그를 더 사랑했다.

　그는 언제나 걸걸한 목소리로 회원들을 압도했다. 그가 있는 곳이면 언제나 시끌벅적했고 무료하지를 않았다. 어쩌다 그가 빠진 출조는 썰렁하고 허전한 느낌마저 들었다.

　내가 B낚시회를 따라 출조한 첫날. 그는 낚시회의 버스 운전석 뒷자리에 앉아서 예의 그 걸걸한 목소리로 잠시도 쉬지 않고 떠들어 댔다. 부회장 공 대령이라고 했다. 낚시회를 좌지우지하는 것 같고 꽤나 설쳐 대는 것 같았다. 해서 처음에 나는 그를 심히 못마땅하게 여겼었다.

　나는 그를 꼭 예비역 대령으로만 알았다. 그가 풍기는 분위기라든지 늘 입고 다니는 국방색 계통의 헐렁한 점퍼 등으로 봐서.

　한데, 그의 본명은 공대위(孔大爲). 고등학교 2학년 때 국어 선생님이

　"야, 인마. 너는 언제까지 대위냐? 오늘부터 소령 진급이다."

　이렇게 해서 고등학교 때는 공 소령이었는데, 대학 진학을 해서 이번에는 친구들이 껑충 뛰어 대령으로 진급을 시켜 줬다나. 해서 대학 때부터 더는 진급이 안 되는 만년 대령이 됐단다.

　60대 중반의 공 대령. 생김새에 걸맞게 그의 낚시 장비도 거칠고 투박하기만 했다. 물론 낚시 기법도 어설프기 짝이 없었다. 하지만 그는 손낚시가 아닌 입낚시만은 타의 추종을 불허했다. 그는 온통 입으로 낚시를 하는 사람이었다. 자기 말로 기네스북에 오를 만한 몇 가지 기록도 보유한 사람이라고 호언했다.

　　　　　　　　　　　　　　　똑똑한 손자와 팔불출 할아버지

충북 소재 C저수지. 웬만한 낚시꾼이면 한두 번쯤 이미 답파했을 그런대로 지명도가 꽤 높은 저수지다. 주위 경관이 아름답다고는 할 수 없지만, 물이 깨끗하고 주민들 인심이 순박하다고 해서 단골로 다니는 꾼들이 꽤 많았다.

그 저수지의 명물이라고나 할까? 언제나 삐이걱 삐이걱 낡은 배를 저어 다니며 커피도 팔고, 소주와 마른안주도 팔고, 꾼의 요구가 있을 때면 마다하지 않고 자리를 옮기도록 기꺼이 배를 태워 주곤 하던 사공. 실은 사공이란 이름이 전혀 어울리지 않던 여인이었다. 몸매가 가냘프고 얼굴이 해사하던 여인. 어떤 꾼에게는 과부라 했다 하고, 또 어떤 꾼에게는 남편이 있다고 했단다.

머리는 아무렇게나 뒤로 쓸어 넘겨 고무줄로 잡아매고 언제나 낡은 스웨터에 허름한 바지 차림이던 그녀. 가꾸지 않은 몸매지만 밉지 않은 인상으로, 뭇 낚시꾼들의 사랑도 받고 쏠쏠히 재미도 본다는 사공.

어느 날인가, 공 대령의 수작이다.
"아줌마 배 좀 탈 수 있우?"
"……."
"아줌마 배 좀 탈 수 있느냐구?"
"아무렴요. 타실라요?"
"응. 지금 말고 이따가 밤에 타자구."
"……."
그녀가 뭐라 중얼거렸지만, 그 소리가 이쪽까지 들리지는 않았다.

그런데 그날 밤, 자정 무렵. 우리 공 대령은 정말 그녀의 배(腹)를 탔다는 것이다. 사위를 위협하듯 에워싼 시커먼 산 그림자. 교교(皎皎)한 달빛. 이따금씩 들리는 휘파람새의 그 요상한 울음소리. 총총하던 낚시꾼들의 간드레 불빛도 많이 사라지고 드문드문 몇 개만이 조는 듯 흐릿할 때. 잔잔한 수면 위에 배를 띄운 그녀와 공 대령은 배(船) 위에서 또 배(腹)를 탔다는 것이다.

"흥 느그들은 모를 끼라. 배 위에서 배를 타는 그 맛. 그 오묘한 맛을!"

친절(아, 뉴질랜드에 다시 가고 싶다)

나는 참 길눈이 어둡다. 한두 번 가 본 곳은 영 땅끔을 못한다. 해서 어디를 찾아가려면 여간 마음이 쓰이는 게 아니다. 지금은 내비게이션의 도움을 많이 받는 편이지만, 그 전 이야기다.

그런데 아내는 나와는 영 딴판이다. 한번 가 본 곳은 영락없이 찾아가고, 어디를 가려면 버스는 어디서 몇 번을 타면 되고, 또 전철은 몇 호선을 이용하면 되고…… . 길눈이 밝은 것뿐 아니라 어떤 교통수단을 이용하는 것이 편리하고, 또 빠르게 갈 수 있는지 그 방법까지도 훤히 알고 있다. 그래서 어디를 갈 때 아내와 동행하면 참 좋다. 승용차로 갈 때면 특히 더 좋다. 내비게이션이 보급되기 전부터 아내는 정확하게 내 내비게이션 역할을 했으니까.

조수석에 아내를 앉히고 운전을 할 때면 그렇게 마음이 놓이고 편할 수가 없다. 길을 몰라 불안하고 안내판을 보느라 신경 쓸 필요가 전혀 없다. 그저 아내가 시키는 대로 따라 하기만 하면 된다. 계속 직진하라면 직진하고, 다음 사거리에서 우회전하라면 우회전하고.

아내가 서울 지리에 밝고 교통편도 훤히 꿰뚫고 있다는 게 주위 사람들 사이에 널리 알려지다 보니, 친구들이나 친척들로부터 자주 길을 묻는 전화가 걸려 온다. 어디를 가려 하는데 버스를 타는 게 좋은지, 아니면 전철을 이용하는 게 좋은지, 버스를 타려면 어디서 몇 번 버스를 타야 하는지, 거리는 얼마나 되고 시간은 얼마나 걸리는지 등등.

한번은 누가 어떻게 길을 그리 잘 아느냐고 묻기에 시치미 뚝 떼고 옛날 처녀 때 차장을 했다고 그랬더니, 정색을 하며 깜짝 놀라더라나. 어쨌든 참 신기할 정도다. 서울에 살았어도 내가 몇 배 더 오래 살았는데 말이다.

아, 길을 모르면 물어서 찾아가면 될 일. 그까짓 게 뭐 그리 대수냐고 할지 모르지만, 그게 그렇게 쉽지만은 않더라는 얘기다. 마음을 다잡고

"저 말씀 좀 묻겠습니다. 여기 ××가 어딥니까?"

하고 물으면 빤히 쳐다보며 고개를 두어 번 살래살래 흔들고 만다. 모른다는 얘긴지 가르쳐 줄 수 없다는 얘긴지, 뭐라고 더 말을 붙여 볼 엄두가 나지 않는다.

"여기 B예식장이 어디 있습니까?"

B예식장이 있다는 곳까지 가까스로 찾아가서 이렇게 물을라치면

"저쪽이요."

턱을 까딱하며 이렇게 대답이랍시고 한마디하고는 다시 무슨 말을 붙여 볼 틈도 주지 않고 외면이다. 이런 꼴을 몇 번 당하고 나면 다시 더 물어볼 용기마저 사라져 버리고 만다. 해서 나는 웬만하면 무엇을 남에게 묻기를 피한다.

꼭 물어볼 수밖에 없는 처지라면 나이가 지긋한 분, 아니면 학생을 택해서 묻곤 한다. 그래도 그들이 조금은 친절하고 자세하게 알려 주며 무엇보다도 그들이 내게는 그래도 만만해서다.

몇 년 전 호주에 사는 둘째 아들을 찾아갔을 때다. 3개월 비자 만료가 가까워 오자, 체류기간 연장을 위한 방법으로 뉴질랜드를 갔다 오자고 한다. 일단 외국에 나갔다 오면 3개월이 더 연장된다는 것이다. 많이 쓰이는 편법인 모양. 일부러 여행도 갈 판인데, 비자 연장도 받고 여행도 하고 괜찮을 것 같았다. 해서 우리는 일주일간 뉴질랜드 여행을 하기로 했다.

알차고 특색 있고 무엇보다도 여행 경비를 줄이기 위해 캠퍼 밴을 렌트해서 여행하기로 했다. 물론 다 아들 머리에서 나온 아이디어다. 하지만 불안감을 떨쳐 버릴 수가 없었다. 승용차나 운전하던 아들이 큰 차를 어떻게 몰고 다니며 여러 가지를 조작할 수 있을까? 한데 아들은 불안해하거나 망설이는 기색은 전혀 없고 자신만만해 했다. 배짱이 좋은 건지 너무 둔감해서인지 참 알다가도 모를 일이다. 그러나 어쩌랴. 믿고 따르는 수밖에.

오후 늦게 뉴질랜드 오크랜드 공항에 도착한 우리는 공항 근처 한

국인이 경영하는 식당에서 설렁탕으로 저녁을 먹고, 근처 자그마한 호텔에 투숙. 일찍 잠자리에 들었다.

그리고 다음 날 아침 8시. 우리는 서둘러 짐을 꾸려가지고 호텔 정문을 나섰다. 까만 제복의 팔등신 미녀가 우리를 기다리고 있었다. 그녀가 모는 차를 타고 한 10분은 달렸을까? 한 건물 앞에 차를 세우고 그녀는 우리를 인도하여 안으로 들어갔다. 렌트카 회사다. 몇 가지 서류를 작성하고 서명하더니, 그녀는 우리를 데리고 다른 쪽문으로 나갔다. 거기 우리가 타고 여행할 캠퍼 밴이 주차되어 있었다.

그녀는 차 안팎으로 아들을 데리고 다니며 여러 가지를 설명하는 듯했다. 언뜻 보기에도 참 세세하게 설명하는 것 같았다. 그렇게 하는데 30분 이상이 걸렸다. 이런 절차가 다 끝나자, 그녀는 드디어 차열쇠를 건네주고는 즐거운 여행이 되기를 바란다며 환하게 웃어 보였다.

이렇게 해서 우리는 둘째 아들이 운전하는 캠퍼 밴을 타고 뉴질랜드 북 섬 끝에서부터 남 섬 끝까지 참 멋진 여행을 했다. 여행 중 내가 가장 부러웠던 것은 그곳 노인들의 여유롭고 낭만적인 모습이었다.

발갛게 물들어 가는 황혼 무렵, 머리가 하얀 양주(兩主)가 캐라반 팍에서 캠퍼 밴을 주차시켜놓고 옆에 펼쳐 놓은 간이식탁에서 커피를 마시며 정담을 나누는 모습. 나도 저렇게 할 수 있을까? 한번 해봤으면……. 하지만 아무래도 나와는 너무 거리가 먼 이야기만 같아서 답답하고 안타깝기만 했다.

뉴질랜드는 관광국답게 여행안내소나 안내지도 책자 등이 아주 잘

똑똑한 손자와 팔불출 할아버지

되어 있어서 여행하는 데 편리하고 많은 도움이 됐다. 해서 둘째는 지도를 가지고 유명 여행지를 잘도 찾아다녔다. 북 섬 끝에서 남 섬 끝까지 가는 것이 여행 목표였을 뿐 어디어디를 관광하겠다는 구체적인 목표는 없었다. 가다가 그럴듯한 곳이 있으면 구경하고, 캐러반 팍에 들어가 일박하고 또 가고…….

지도 한 장만 들고도 신기하리만치 이곳저곳을 잘 찾아다니는 둘째지만 그것도 한계는 있는 모양, 때로는 관광안내소를 찾아가 설명을 듣기도 하고 또 어떤 때는 거리의 행인에게 묻기도 해 가며 그런대로 큰 문제없이 여행을 했다.

그런데 남 섬 어느 조그마한 도시에서다. 우리는 매일 해가 있을 때 캐러반 팍을 찾아가 주차시키고 저녁을 해 먹기로 했었다. 괜히 늦게까지 돌아다니다 팍을 찾지 못하면 낭패가 아닌가. 아무 곳에나 주차시키고 숙박할 수도 없는 일. 해서 해가 꽤 많이 남았지만 급히 갈 곳이 있는 것도 아니고 일찍 숙박지를 찾기로 했다.

지도상에 나타난 캐러반 팍이 이 도시에는 딱 한 군데가 있다고 했다. 둘째는 연신 지도를 보며 차를 몰았다. 그런데 오늘따라 여의치 않은 듯 자꾸 헤매는 것이다. 끝내는 안 되겠다 싶었는지 차를 길옆에 세우더니 내려가서 손님을 막 태우고 있는 택시 기사에게 팍의 위치를 묻는 모양. 한참 만에 둘째는 약도를 받아들고 돌아왔다. 그리고는 호주나 뉴질랜드에서는 무엇을 묻기가 겁난다는 것이다. 설명을 어찌나 자세하게 해 주는지 이쪽에서 오히려 지칠 지경이라는 것이다.

손님을 태워 놓고 10여 분 가까이 약도를 그려 가며 길을 알려 주었다는 택시 기사. 그리고 기사가 타기만을 묵묵히 기다리며 택시 안에 앉아 있을 손님. 우리의 현실과는 너무나 판이한 그들의 행동에 나는 그저 말문이 막힐 뿐이었다. 아내는 저렇게 하고도 밥을 벌어먹고 살 수 있느냐며 괜한 걱정을 했다.

택시 기사는 찾기가 까다로울 거라며 약도를 가지고 찾아보다가 정 찾을 수 없으면 이 자리로 다시 와라, 그러면 손님을 모셔다드리고 와서 자기가 직접 안내를 하겠다고 하더라는 것이다.

한데, 지도 한 장만 있으면 어디든 그렇게도 잘 찾아다니던 둘째가 이날은 웬일일까? 자꾸 헤매기만 한다. 어찌어찌하다 보면 갔던 길이 또 나오고……. 결국 둘째는 길가에다 차를 또 세웠다.

도시 외곽 한적한 주택가다. 행인도 별로 없다. 그런데 중년 아주머니 한 분이 셰퍼드 두 마리를 끌고 이쪽으로 오고 있었다. 둘째는 급히 차에서 내리더니 그 아주머니와 한참을 이야기했다. 그러더니 아주머니는 저쪽으로 길을 건너가고 둘째는 차에 오른다. 아주머니가 개를 집에 갔다 매놓고 와서 길을 안내해 주겠다고 하더라는 것이다.

잠시 후 저쪽 옆길에서 벤츠 승용차 한 대가 나오더니 우리 차 앞에 와 섰다. 그리고 손짓을 한번 하고는 서서히 출발하는 것이 아닌가. 우리는 그 차 뒤를 따랐다. 한 20분은 달렸을까? 앞에 가던 벤츠가 길가에 멈춰 선다. 우리도 그 차 뒤에 섰다. 아주머니는 차에서 내리더니 길가의 조그마한 간판을 손으로 가리킨다. 아주머니가 가리킨 간판에는 '캐라반 팍 입구'라는 글씨가 새겨져 있었다.

부디 즐거운 여행이 되기를 빈다며 환한 얼굴로 손을 흔들고 차에 올라 서서히 사라지는 아주머니. 나는 벤츠의 모습이 내 시야에서 사

똑똑한 손자와 팔불출 할아버지

라지고도 한참을 멍하니 그쪽만을 응시하고 있었다. 둘째는 이런 경우 요긴하게 쓸 수 있는 조그마한 선물이라도 준비하지 못한 불찰을 얼마나 아쉬워했는지 모른다.

어느덧 해는 뉘엿뉘엿 서쪽 산으로 사라져 가고 있었다. 캐라반 팍 정문 옆에 차를 세우고 둘째는 사무실로 들어가 수속 중이었다. 그런데 웬 택시 한 대가 우리 차 옆에 와 서더니, 빵빵 짧게 두 번 경적을 울리는 것이었다. 아내와 나는 무심히 내다보고 있는데 정문 안내소 안에서 둘째가 뛰어나오는 것이 보였다. 그리고 택시 기사와 뭔가 열심히 이야기를 하는 것이었다.

한데, 그 기사는 우리에게 약도를 그려 줬던 바로 그 택시기사라는 게 아닌가! 자기가 그려 준 약도를 가지고 찾지 못해 고생이나 하지 않을까? 영 마음이 놓이지 않아서 손님을 목적지까지 모셔다드리고 이렇게 왔다며,

"찾느라 고생이나 하지 않았느냐? 이렇게 잘 찾아와서 정말 다행이다."

라며 흡족해하더라는 것이다. 이런 일이 있을 수 있단 말인가? 여기는 우리나라가 아닌 뉴질랜드라는 사실을 나는 잠깐 잊고 얼마나 감동했는지 모른다. 이날은 나에게 많은 것을 생각하게 하는 날이었다. 세상에는 이런 곳도 있구나!

뉴질랜드의 아름다운 경치, 신비롭기만 한 설산, 환상적인 바다 빛깔. 아무리 뉴질랜드의 자연경관이 빼어나고, 설산이 신비롭기만 하고, 바다 빛깔이 더없이 환상적일지라도 이는 시간이 지나면 내 머릿

속에서 서서히 사라질지도 모른다. 하지만 내 가슴속 깊이까지 녹아든 뉴질랜드 사람들의 그 친절한 마음씨, 세상을 살맛 나게 하는 그들의 그 포근함을 내 어찌 잊을 수 있으리.

아! 뉴질랜드에 다시 가고 싶다.

똑똑한 손자와 팔불출 할아버지

'아찌' 와 '하부지'

　세월여류(歲月如流)라더니 어물어물하다 아무 것도 남기지 못한 채 어느덧 이순(耳順)을 훌쩍 넘어섰다. 봉직하던 교단을 명퇴로 물러난 지도 벌써 5년이 다 되어 간다. 그새 아들 셋이 모두 제각각 살림을 차려 나가고 손자 손녀도 벌써 셋이나 생겼으니, 역시 세월은 유수(流水)인가 보다.

　청청하던 검은 머리는 반백으로 변했으나 마음은 언제나 청춘 시절 그때에 머무르고 있는 것 같다. 시쳇말로 나이는 60대에 몸은 40대, 마음은 20대라 하지 않던가? 아내로부터 가끔 내 하는 양이 꼭 어린애 같다는 핀잔을 들을 때가 있다. 구순에 가까운 부모님께서 아직도 구존해 계시기에 내 행동이 아내의 눈에는 그렇게 보였는지도 모른다.

　오랜만에 만나는 사람들마다 한결같이 한다는 소리가 내 모습이 옛날이나 지금이나 하나도 변하지 않고 그대로라는 것이다. 나의 비위

를 맞추기 위해 인사치레로 하는 말일지라도 듣기에 싫은 소리는 아
니다.

　십 년 이상을 연락도 제대로 못 하던 친구를 만났을 때, 그 친구의
모습을 보면서 세월이 빠름을 새삼 실감하게 된다. 젊은 날 그리도
훤하던 얼굴에 깊이 파인 주름살이며 볼품없이 쭈글쭈글하게 탄력
을 잃어버린 피부를 보면서 어쩔 수 없는 연륜의 수레바퀴를 깨닫곤
한다.

　그의 모습이 변했듯이 내 모습 또한 늙어짐을 피해 갈 방도는 없
을 것이다. 그나 나나 매한가지려니, 파리한 그 모습이 곧 나의 몰골
이 아니겠는가. 그런데도 나더러는 십 년 전의 모습 그대로라는 것이
다. 동년배의 고우(故友)인데 그럴 리가 있을까마는 보는 이, 만나는
이마다 같은 소리를 하는 것을 보면 작은 위안이 되기도 한다.

　하긴 나이에 비해 젊게 보이는 것은 우리 집안의 내력인지도 모른
다. 90이 불원하신 아버지는 얼굴에 주름 하나 없으시다. 적지 않은
농토를 지금껏 직접 관리하시며 마을 일에도 사사건건 관여하시는
것을 보면, 내가 나이보다 젊어 보이는 것도 순전히 아버지로부터의
대물림인 것 같다.

　한번은 어머니께서 텃밭에서 김을 매고 계시는데, 어떤 분이 아버
지를 찾더라는 것이다. 아마 노인정에 가셨을 거라고 했더니 그곳으
로 찾아간 그분이 아버지를 만나자 하시는 말씀이 자당님께서 노인
정으로 가 보라 해서 왔다고 하더라는 것이다. 그분은 백발의 내 어

　　　　똑똑한 손자와 팔불출 할아버지

머니를 할머니로 아셨던 모양이다. 그 이야기를 듣고 그곳에 모였던 마을 어른들이 박장대소를 했다는 것이다.

이는 어머니가 그만큼 늙어 보이셨다는 얘기도 되지만, 또 한편으로는 아버지가 연세에 비해 그만큼 젊어 보이신다는 이야기일 수도 있다. 하긴 어머니께서는 일찍부터 머리가 세셨다. 팔순을 훨씬 넘기시고, 중풍으로 수족 놀림마저 불편하신데도 불구하고 머리 염색을 고집하신 것도 어쩌면 그 일과 무관치만은 않았으리라.

몇 해 전, 우리 집에 모두 네 가구가 산 적이 있었다. 1층은 우리가 살고 2층과 반지하 두세대는 세입자들이 살았다. 그런데 반지하 한 세대는 군에 간 큰아들과 대학생 아들을 둔 동규네였고, 또 한 집은 세 살배기 아들 하나를 둔 젊은 부부가 사는 원신네였다. 그리고 2층에는 미국 사람 혼자 살았다.

우리 집은 큰아들은 분가했고 둘째는 외국에 그리고 막내는 군대에 가 있었기에 네 가구가 모여 산다고는 해도 어린애라고는 원신이가 유일했다. 해서 원신이는 우리 집에 사는 모든 사람들의 귀여움을 독차지했음은 물론이다. 달덩이같이 훤한 얼굴에다 누구에게나 착착 달라붙는 붙임성으로 원신이의 인기는 최고였다.

원신이는 시도 때도 없이 툭하면 1층 우리 집에 올라와서 난리를 피워댔다. 텔레비전에서 만화만 보겠다고 다른 사람은 얼씬도 못하게 하는가 하면, 때로는 무조건 아이스크림을 내놓으라고 난리를 피웠다. 그뿐만 아니라 냉장고 문을 무시로 열고는 먹을 것을 찾았다.

한데도 녀석의 하는 짓이 밉거나 귀찮게 여겨지지 않고 오히려 귀엽게만 보였다. 그래서 슬며시 나가 아이스크림이나 놈이 좋아하는 과자를 사다 주곤 했다. 한데, 놈은 옆집 동규네 가서도 무소불위로 똑같이 한다는 것이다.

　귀염둥이 원신이. 고놈이 나를 부를 때는 언제나 '아찌'라고 부른다. "아찌,아찌" 하면서 바짓가랑이를 잡고서는 냉장고 쪽으로 끌고 가는 것이다. 하는 짓도 앙증맞고 말투도 재롱스럽지만, 나를 '하부지'가 아닌 '아찌'로 불러 줘서 놈이 더 귀엽고 사랑스러웠는지도 모르겠다.

　그런데 동규 아버지를 부를 때는 언제나 '하부지'다. 어느 외국 공관의 경비를 선다는 동규 아버지는 나보다도 다섯 살이나 아래로, 아직 큰아들도 장가를 보내지 않아서 '하부지' 소리를 들을 처지가 아니다. 그에 비해 나는 벌써 손자 손녀를 몇씩이나 거느린 명실상부한 할아버지가 아니던가!

　내 아내가 원신이를 붙들고 앉아 나를 가리키며 '하부지'로, 동규 아버지에게는 '아찌'라고 불러야 한다고 아무리 일러도 막무가내다. 그런 원신이가 아내는 내심 싫지 않은 모양. 자기가 젊어 보인다면야 더 말할 필요도 없겠지만, 남편이 젊은 대우를 받는 것도 그리 싫지만은 않은 것 같았다.

　만약 이와 반대로 나더러는 '하부지'로, 동규 아버지에게는 '아찌'라고 불렀다면, 아마 모르긴 해도 원신이가 그토록 귀엽게 여겨지지 않았을지도 모른다. 사실대로의 당연한 일인데도 '하부지'보다는 '아찌'로 대접받기를 내심 은근히 기대했는지도 모른다.

똑똑한 손자와 팔불출 할아버지

어린것의 한마디에 일희일비하며 잠시나마 나이를 잊을 수 있었음은 행복한 일이었을 게다. 하루 전인 어제보다도 더 희게 느껴지는 머리를 염색하며 '하부지'가 아닌 '아찌'로 불러 주던 원신이의 활짝 웃는 모습이 슬며시 떠오른다.

재수 옴 붙은 날

　호주에 이민 간 막내 아들네를 갈라치면 우리 내외는 며칠을 두고 다투느라 심기가 여간 불편한 게 아니다. 그것은 언제나 짐 때문이다.

　비행기 예약만 끝나면 아내는 가지고 갈 물건을 챙기느라 정말 눈코 뜰 새 없이 바쁘다. 우선 백화점이나 대형마트에 가서 손자 손녀들 옷가지를 사고, 다음은 건어물. 김, 미역, 다시마, 멸치, 새우, 오징어 채, 북어포 등등. 집에서 준비하는 것은 또 얼마나 많은가. 김치, 고추장, 깨, 고춧가루, 무말랭이, 깻잎장아찌……. 그러니 항상 중량이 초과할 수밖에. 초과해도 이만저만 초과하는 게 아니다.

　뻔히 안 될 것을 알면서도 아내는 막무가내다. 아니, 규정대로 하면 뭘 가져갈 수 있느냐는 거다. 그래, 몇 년 만에 한번 국내도 아니고 멀리 외국에 나가 사는 자식을 찾아가는데 어찌 짐이 많지 않을 수 있느냐는 거다.

똑똑한 손자와 팔불출 할아버지

그러면서 아내는 투덜대고 잔소리를 해대는 내 입을 막기 위해 선수를 쳐 포문을 연다. 아니, 명색이 남자가 한번 부딪쳐 보는 게지 이건 미리 겁부터 내니, 어쩌면 그리 옹졸하고 쩨쩨하냐며 내가 다 책임질 테니 당신은 제발 잔소리하지 말고 가만히 있으라는 거다.

아무리 1인당 허용량 20㎏ 고수를 주장한들, 나는 입만 아팠지 한번도 아내가 내 말에 귀를 기울여 준 적도 없다. 모든 일은 아내 생각대로 진행될 뿐이었다.

부피가 작고 무게가 많이 나가는 것은 둘이 배낭에 넣어 짊어지고 또 작은 가방에 넣어 손에 들고 승무원들 눈치를 보며 기내로 가지고 들어가는데도 부치는 짐 중량은 턱없이 초과되게 마련이다. 그것도 어느 정도 초과된다면 사정도 해 보고 인정에 호소도 해 보련만, 짐을 부칠 때마다 나는 언제나 불안하고 초조하다. 너무 많이 초과하는 것을 봐 달라고 할 용기가 내겐 정말 없었다.

한데, 아내는 천하태평. 정말 걱정을 하나도 하지 않는 것 같다. 어쩌면 저럴 수가 있을까? 졸장부 소리를 듣는 내가 밉다. 통 큰 아내가 부럽다.

그렇게 불안해하고 초조해 하기는 했지만, 지금까지 짐 부치는 데 그렇게 큰 문제는 없었다. 그게 화근. 아내가 기고만장해진 게 다 문제없이 짐을 부쳤다는 데 있다. 이제 나는 짐에 관한 한 그 어떤 잔소리도 할 수 있는 명분을 잃었다.

그런데 작년에 드디어 문제가 터지고 말았다. 여느 때보다 짐이 더 많기도 했지만, 여러 가지가 전보다 까다롭고 규정이 철저하게 준수

되는 것 같았다.

우선 인천공항에서 짐을 부칠 때부터 삐걱거리기 시작했다. 지고 들고 들어갈 짐 말고 부칠 짐이 모두 네 덩이. 대형 여행가방 두 개와 박스로 된 것 두 개. 여행가방 두 개는 부칠 수 있는데, 박스로 된 두 개는 절대 안 된다며 말도 못 붙이게 한다. 가방만도 중량이 많이 초과되는 것을 편의를 봐주는 것이란다.

처음에는 아내도 생글생글 웃어 가며 너스레도 떨어 가며 아첨도 해 가며 백방으로 시도를 해 보았지만, 다 부질없는 짓이라는 걸 금방 간파한 듯 박스 두 개를 거칠게 끌어내며 초과요금 물고 부치자는 것이었다. 해서 두 개는 기십만 원의 추가 요금을 물고 부치게 되었다.

내 그럴 줄 알았다. 언젠가는 이런 일이 반드시 오리라는 걸 나는 확신했었다. 한데 아내는 그게 아니었다. 재수 없이 직원을 잘못 만나서 그렇다는 것이다.

"저는 부모 없나? 부모 마음이야 다 그런 거지. 그래 몇 년 만에 자식 집에 가는데 짐이 이 정도도 안 될 수 있어? 잘난 것."

조금만 눈을 감아 주면 될 걸 깐깐하게 군다는 것이다. 제가 무슨 쥐뿔 난 애국자라고. 그렇다고 저한테 뭐 이로울 게 있다고.

"오라질 년. 에이, 재수 없어!"

이런 판국에 내가 뭐라고 섣불리 한마디 했다가는 아내는 정말 폭발할 것 같은 판세다. 나는 그저 벌레 씹은 표정을 하고 입을 꾹 다물고 있을 수밖에.

똑똑한 손자와 팔불출 할아버지

호주 브리즈번 공항에 도착하여 짐을 찾아 가지고 나올 때다. 아내는 잽싸게 여기저기 심사대를 살펴보고는 한곳에 가 줄을 섰다. 그런데 제복을 입은 아주 근엄해 보이는 늙수그레한 직원이 오더니, 우리를 다른 줄로 인도하는 것이다. 미적미적 찜찜해 하며 우리는 저쪽 끝줄로 자리를 바꾸는 수밖에.

우리 짐 검사를 맡은 직원은 새파란 젊은이였다. 신임인 듯 경직되어 있는 그에게서는 여유라고는 찾아볼 수 없었다. 그는 비닐장갑을 손에 끼며 가방을 열라는 것이다. 그리고 박스는 스스로 봉한 부분을 커터로 베는 것이었다. 차곡차곡 정리해서 봉한 박스를 뜯고 그 속에서 끄집어낸 물건들.

아! 이것이 다 우리가 가지고 온 이 두 박스에서 나온 것들이란 말인가? 산더미같이 쌓인 물건들. 종류도 다양하다. 검사원은 꼼꼼히 하나하나 어떤 것은 냄새도 맡아 가며 두 곳으로 분류해 놓는 것이다.

진공 포장한 김치 두 덩이, 역시 진공 포장한 고구마 말린 것 두 덩이. 이 고구마 말린 것은 껍질을 깐 고구마를 쪄서 적당한 크기로 자른 후 고추 건조기에 넣어 꾸덕꾸덕하게 말린 것이다. 쫄깃쫄깃하고 달짝지근한 것이 꼭 젤리 같다. 이번 호주 방문의 기획 상품이라고나 할까?

손자 손녀가 주전부리로 얼마나 좋아할까. 우리 내외는 있는 정성 없는 정성 다 들여서 만든 것이다. 그리고 무말랭이, 이것들은 안 된다는 것이다. 보아 하니 건어물도 상표가 붙은 것은 통과. 그렇지 않은 사제는 불가란다.

아니, 전에는 아무 문제 없이 가져갈 수 있던 것들도 안된다니? 황

당하고 어이없는 일. 그러니 말이라도 제대로 통해야 항의를 하든지 아니면 사정이라도 좀 해 볼 일이 아닌가? 그 많은 추가 요금까지 물고 어렵게 가져온 것들인데 말이다.

"아니, 전에는 아무 문제 없이 통과되던 것들인데 왜 안 된다는 거여? 나 원 참. 좀 보아주지. 오랜만에 만나는 손자들 주려는 건데 뭬 안 될 게 있어?"

아내는 거침없이 한국말로 지껄인다. 검사원은 그저 멀뚱멀뚱. 그러더니 옆 검사대 동료를 불러 뭐라고 수군수군. 한참 만에 옆 동료가 어디를 가더니 명찰을 단 한국인을 데리고 왔다.

아내의 해명 항의가 쏟아졌다. "오랜만에 자식 집에 오는 길이다. 자연히 짐이 좀 많아졌다. 이건 고구마 말린 것이다. 그리고 김치. 전에는 보지도 않고 통과되든 것들이다. 왜 그러느냐? 재수 없게 까다로운 직원을 만나 그런 게 아니냐. 어떻게 해결할 방법이 없느냐. 선처를 바란다고 잘 좀 이야기해 달라."

항공사 직원인지 공항 직원인지 그 한국인은 동정어린 말투로 우리를 위로한 뒤, 검사요원과 한참 이야기를 나눈 후 우리에게 돌아서서 죄송하다며 전보다 모든 것이 까다로워져서 어쩔 수 없단다. 원칙대로 하는 것이란다.

그러니 어쩌겠느냐. 이 사람들은 보아주고 타협하고 그런 건 없다. 자기도 죄송하게 생각하지만 어쩔 수 없단다. 그러면서 이것들은 폐기처분 하든지 아니면 한 달간 보관할 테니 출국 시 찾아가라는 것이다. 우리는 삼 개월을 작정하고 온 길.

갑자기 아내의 얼굴이 벌겋게 달아오른다.

"에이 더러운…… 버려, 버려!"

아내는 나머지 짐을 거칠게 싸기 시작했다. 헤집어 놓은 것이 그래도 미안한 듯 테이프를 들고 도우려는 검사원을 뿌리치며 아내는 식식거렸다.

출국장에 나오니 눈이 빠지게 기다리던 아들과 큰 손녀는 손님들은 다 나왔는데 왜 이렇게 늦었냐며 무슨 일이 있나 답답해 혼났다고 투정이다. 손녀를 끌어안고 좋아서 어쩔 줄 몰라 할 아내의 시무룩한 표정을 대하고는 아들도 손녀도 눈을 멀뚱멀뚱.

나는 입을 꾹 다물고 한마디도 하지 못했다. 섣불리 무슨 말을 했다가 아내의 그 뒤틀린 심사에 불이라도 붙게 되면…….

"에이, 더러운…… 하필 그런 놈한테 걸려서! 오라질 놈. 재수 옴 붙은 날."

지금까지도 아내는 그날을 일생일대의 재수 옴 붙은 날 이라며 치를 떤다.

디스크

　지금으로부터 30여 년 전. 40대 때 나는 명동 성모병원에서 천신만고 끝에 허리 수술을 했다. 정확한 병명은 '제5 요추 추간판 탈출증'이라 했다.

　낚시 때문에 생긴 병이 분명할 거라고 나는 지금도 확신한다. '낚시광' 누가 붙인 이름인지 정말 딱 맞는 아주 적절한 표현이라고 생각한다. 그때 정말 나는 낚시에 미쳤었다. 가정, 직장에는 별 관심이 없이 오로지 낚시였다. 틈만 나면 저수지로 달려갔고 먹는 것, 자는 것도 잊을 정도로 오로지 낚시에 몰입했었다.

　손바닥만 한 낚시 의자에 꼼짝하지 않고 몇 시간씩 밤이고 낮이고 쪼그리고 앉아서 버렸으니 몸뚱이가 온전할 수 있었을까. 게다가 잠자리마저 편안한 게 아니고 울퉁불퉁한 천막 속, 그마저도 안 되면 그냥 노천에서 얇은 비닐을 펴고 머리 부분만 이슬을 막기 위해 우산

똑똑한 손자와 팔불출 할아버지

을 편 채 잔뜩 꼬부리고 새우잠을 자기 일쑤였으니, 탈이 나지 않았으면 그게 오히려 이상했을 게다. 아무리 젊었을 때라고는 하지만 왜 그렇게 무모하고 미련했는지, 지금 생각하면 내가 한 일인데도 이해가 되지 않는다.

처음에는 허리가 좀 불편하고 오른쪽 다리 뒤쪽이 땅기기 시작했다. 물론 대수롭지 않게 생각했는데 그게 점점 더 심해지는 것이었다. 여기저기 병원으로, 한약방으로, 지압하는 곳으로, 부지런히 쫓아다녔지만 아무 효험이 없었다. 그런 와중에도 아내에게 제정신이 아니라고, 정말 미쳤다고 모진 소리를 들으면서도 낚시가방을 들쳐메고 나서다가 급기야는 낚시가방이 마당에 내동댕이쳐지는 수모도 당했었다.

백방으로 노력을 했지만 낫기는커녕 통증은 점점 심해져서 이제 걸음도 제대로 걸을 수 없었다.

'아, 이래서는 안 되는데…….'

심각한 생각이 들었다. 해서 언필칭 허리는 절대 수술을 해서는 안 된다는 중론을 거역하고 수술을 할 수밖에 없다는 결론에 도달, 급기야는 수술대에 눕게 되었다.

난생처음 경험하는 수술.

마취가 깨면서부터 오는 그 무서운 통증. 사지를 고정시켜 놓은 병상에서 죽는다고 소리소리 지르며 발버둥 치고, 입 안 가득 끼는 백태를 연신 긁어내며 밤을 꼬박 새운 아내와 동생은 차마 볼 수 없더라고 했다.

이튿날에야 좀 너누룩해졌지만 정말 척추 수술은 모르고는 할까, 차라리 죽는 게 나을 거라는 생각이 들었다. 다행이 수술 경과가 좋아서 회복이 빨랐다.

살만하니까 이제 꼼짝 못 하고 누워 있는 것이 갑갑해서 죽을 지경이었다. 무엇보다도 대변을 누워서 본다는 것이 그렇게 어렵다는 걸 절감했다. 의식이 없을 때는 모르겠지만, 말짱한 정신으로 철퍼덕 누워서 변을 보려니 왜 그렇게 안 나오던지…….

해서 절대 움직이면 안 된다는 엄명을 어기고 몰래 변소에를 갔다가 의사에게 들켰다. 그 바람에 의사래야 새파랗게 젊은 인턴인지 레지던트인지에게 모진 소리를 들어가며 혼이 나고 또 일장 훈시까지 들어야만 했다. 그는 특히 환자들이 시키는 대로는 하지 않고 돌팔이니 어쩌니 애매한 의사만 욕한다는 걸 누차 강조하며, 그렇게 마음대로 하려면 당장 퇴원하라고 으름장을 놓았다.

한 달 가까이 입원 치료 끝에 퇴원을 했다. 나는 언제 그런 일이 있었느냐 싶게 멀쩡했다. 수술을 단행한 결단이 백번 옳았다고 생각했다. 30여 년을 아무 탈 없이 잘 지냈다.

그런데 재작년 무단히 허리가 아프고 오른쪽 다리가 땅기기 시작했다. 30여 년 전 바로 그 증세다. 몇 년 전 귀향해서 시골 생활을 하는 중이었다. 텃밭을 가꾸다 보니 힘에 부칠 때가 종종 있었다. 큰일이다 싶었다. 덜컥 겁이 났다. 병원에 가서 주사도 맞고 약도 먹어 봤다. 침도 맞아봤지만 아무 소용이 없었다.

어떤 분이 양재동 ㅇㅇㅇ병원을 소개했다. 척추 전문병원으로, 꼼

똑똑한 손자와 팔불출 할아버지

짝 못 하던 친구분이 간단한 시술로 효험을 봤다며 거기를 한번 가 보라는 것이다. 그 병원을 찾아가 X-ray와 MRI를 촬영했다. 우선 주사를 한번 맞아 보고 효과가 없으면 수술을 생각해 보자는 것이다.

척추주사를 맞았다. 거짓말같이 금방 통증이 가라앉는 것 같았다. 신기하다 생각하며 이제 괜찮은가 보다 했는데, 웬걸! 3개월쯤 지나니 다시 증상이 나타나는 것이었다. 다시 병원을 찾아갔다.

그때 돌아온 답변은 수술을 하자는 것이었다. 나는 수술만은 절대 않겠다고 했다. 지난날의 그 끔찍했던 정경이 자꾸 연상되는 것이었다. 한데 의사는 그리 아프지도 않고 간단하며 잘되면 하루만에도 퇴원이 가능하니 아무 걱정 말고 수술을 하자는 것이다. 갈등이 생긴다. 어쩔까? 망설이다가 수술 날짜를 예약하고 왔다.

2011년 9월 5일 입원, 다음 날 오전 수술. 의사 말대로 정말 간단히 끝났다. 수술하는 것 같지도 않게 끝났다. 통증도 별로 못 느꼈다. 금방 자유롭게 움직였다.

7일 오전 퇴원. 손수 운전하여 이천 집에를 왔다. 참 신기하다고 느낄 정도였다. 격세지감(隔世之感). 다음 날부터 정상적인 생활.

일주일 만에 실밥을 뽑으러 갔더니 꿰맨 자리가 조금 터졌단다. 두 바늘을 다시 꿰맸다고 했다. 그리고 1년을 아무 일 없이 잘 보냈다.

그런데 2012년 10월 말, 또다시 증상이 나타났다. 물건 같으면 AS 기간도 지나지 않았을 터. 병원 치료는 AS 기간도 없나? 수술한 병원을 찾아갔다. 자초지종 내 이야기를 들은 의사는 X-ray와 MRI 촬영을 해보자는 것이다. MRI 촬영비가 만만치 않다는 것은 익히 아는 터. 나는 너무 쉽게 사무적으로 X-ray와 MRI 촬영을 하자는 의사의 말에 화가 났다.

"아니, 수술한 지 1년도 안 되었는데 이럴 수 있습니까?"

서슬 푸르게 대드는 나에게 의사는 빙글빙글 웃으며

"제가 실력이 없어서 그런가 보죠?"

하며 눙치려 한다. 나는 정말 화가 났다.

"의사 선생님, 나 지금 농담할 기분 아닙니다. 시골서 농사짓는 사람이 MRI 한 번 찍으려면 얼마나 고민을 하는지 아십니까? 너무 쉽게 아무렇지도 않게 말씀하시니 정말 섭섭하고 화도 납니다. 알겠습니다. 포기하겠습니다."

내가 벌떡 일어나 나오려 하자, 의사는 머쓱해서 의외라는 듯 멍하니 바라만 볼 뿐이었다.

나는 간호사의 안내로 밖으로 나와 잠시 기다린 후 주사실로 가서 척추에 주사를 한 대 맞고 처방전을 받아 가지고 왔다.

언제 또 그 증상이 나타날지 불안하기는 하지만, 3개월이 지난 지금까지 다행히도 아무 이상은 없다. 하지만 조심해야지. 이제 허리 때문에 병원 가는 일은 결코 있어서는 안 되겠다.

똑똑한 손자와 팔불출 할아버지

제사

우리는 할아버지 할머니, 아버지 어머니, 이렇게 네 분의 제사를 지낸다. 설날과 추석에 차례, 그리고 기제사 해서 일 년에 횟수로는 모두 6회 제사를 지낸다.

아버지가 생존해 계실 때에는 까다로운 절차와 엄격한 규범 때문에 신경이 많이 쓰이고 어려움도 많았다. 아버지는 유교적인 관습 등에 대해선 굉장히 철저하시고 또 까다로우셨다. 해서 아버지가 모든 일을 관장하실 때는 그저 따라만 하면 되었는데, 비록 몇 년 되지는 않았지만 말년에 맏이인 나에게 대권(?)을 물려주신 후에는 내가 가정사를 주관하려니, 그게 보통 신경 쓰이는 일이 아니었다. 말로는 일체 가정사를 나에게 일임한다고 하셨지만, 아버지 성격상 그건 있을 수 없는 일이었다.

돌아가실 때까지도 무슨 일이건 당신 마음에 들지 않으면 그것을 용납하려 하지 않으셨고, 늘 참견하려 하셨다. 내가 생각할 때는 아무것도 아닌 일을 아버지는 고집을 부리시는 것 같았다. 맹목적으로 수구적인 사고방식에 젖어 있으신 것 같았다. 해서 특히 제사 때면 아버지는 우리가 하는 일마다 눈에 거슬렸고 당신의 마음에 흡족하도록 모든 일이 진행되지 않아서 늘 심기가 불편하셨던 것 같다.

불합리한 것은 될 수 있는 한 합리적으로, 비현실적인 것은 현실에 맞게 발전적인 방향으로 나아가면 좋으련만. 그렇지 못한 아버지를 너그럽게 받아들이지 못하고 일일이 타내서 마음을 상하게 해드린 것이 돌아가신 지금에야 후회되기도 한다.

제사란 무엇인가?

남에게 보이기 위한 것도 아니요, 돌아가신 분을 위한 것도 아니다. 다 산 사람을 위한 것이다. 흩어져 사는 자손들이 제삿날 하루만이라도 한자리에 모여, 준비한 음식을 들어가며 돌아가신 분의 음덕을 기리고 서로 간 우의를 다지는 날이 아닌가! 해서 제수도 이제 구색이나 갖추려고, 모양이나 내려고, 위세나 부리려고 할 것이 아니라 산 사람들을 위해 준비해야 한다.

그래서 나는 제수를 준비할 때 옥춘이라든지 약과라든지 산자라든지 다식 같은 것들은 절대 사지 않는다. 꼭 불량식품 같고 애들도 먹지 않기 때문이다. 대신 검소하면서도 정성을 다해 차리기를 아내에게 부탁한다. 한데 언젠가는 그렇게 차린 제사상이 아버지가 보시기에는 너무 초라하게 보이셨는지 대단히 언짢아하신 적도 있었다.

똑똑한 손자와 팔불출 할아버지

홍동백서(紅東白西), 좌포우혜(左脯右醯), 조율이시(棗栗梨柿), 어동육서(魚東肉西), 두동미서(頭東尾西).

어릴 때부터 수도 없이 들어온 이 말들. 제상을 진설할 때마다 아버지는 늘 살피셨다. 그리고 적당히 놓으면 영락없이 지적을 하셨다. 아니, 홍서백동이면 어떻고 좌혜우포면 또 어떻단 말인가? 물론 옛날에야 무슨 이유, 어떤 명분이 있었는지 모르지만 지금도 그것이 그렇게 중요한 문제가 된단 말인가?

매년 문중들이 많이 모이는 시제엘 가 볼라치면 별것 아닌 것들을 가지고 큰소리를 내며 싸우는 꼴을 자주 본다. 홍동백서가 옳다느니 조율이시로 해야 한다느니 하면서 말이다. 으레 그런 자리에는 아는 체하며 나서기를 좋아하는 사람이 있기 마련이지만. 강신잔은 조금만 따르라고 하는 이가 있는가 하면 무슨 말이냐고 가득 따르라고 열을 올리는 사람도 있다.

한데, 축문을 읽을 때면 나는 늘 궁금해진다. 목청을 돋우고 축문을 읽는 저 사람은 그게 무슨 뜻인지나 알고 읽는 것일까? 또 참례자들 가운데 그게 무슨 뜻인지 알고 듣는 사람이 몇이나 될까? 자기 아버지 제사를 지내면서 자신이 효자 누구누구 감소고우(敢昭告于) 하는 것도 본 적이 있다. 뜻도 모르면서 매번 그저 맹목적으로 답습해 오는 이런 것들도 이제 좀 생각해 봐야 할 때가 아닌가?

아버지가 생존해 계실 때는 감히 생각지도 못하던 것을 나는 무엄하게 고치기로 마음을 정했다. 우선 지방부터 한글로 고치기로 했다.

顯考學生府君神位　　　아버님 영전에
顯妣孺人密陽朴氏神位　　어머님 밀양박씨 영전에

그리고 축문도 바꾸었다.

維歲次癸巳一月丙丁朔三十日丙申孝子性烈敢昭告于顯考學生府君顯妣孺人密
陽朴氏歲序遷易顯考學生府君諱日復臨追遠感時昊天罔極謹以淸酌庶羞恭伸奠獻
尙饗

서기 2013년 1월 30일. 아버님 영전에 삼가 고합니다. 아버님께서
돌아가신 날을 다시 당하오매 사모의 정을 금할 수 없습니다. 이에
자손들이 모두 한자리에 모여 지난날 아버님의 깊으신 사랑과 은혜
를 다시 한 번 생각하며 간소한 제수를 드리오니 강림하시어 흠향하
옵소서.

　모두들 잘한 일이라고 좋다고 하는데, 아무래도 아버님은 그게 도
대체 뭐냐고 역정이나 내시지 않을까 걱정이 된다.
　그리고 또 한 가지. 아버님이 생존해 계실 때는 여자들은 음식이나
준비하고 제사 참례는 하지 않고 구경이나 했었는데, 아버님 허락도
없이 나는 여자들도 제사 참례를 꼭 하도록 강요한다. 처음에는 모두
들 선뜻 나서지를 않고 주뼛주뼛하며 어색해 하더니, 이제 익숙해져
서 으레 잔을 올리고 절을 하며 좋아들 하는 것 같다.
　저승에 계신 아버님께서도 얼굴도 비치지 않던 며느리들 딸들이 올
리는 잔을 받고 어떻게 생각하실까? 여자들이 무슨 제사냐고 못마땅

　　　　　　똑똑한 손자와 팔불출 할아버지

해 돌아앉으실까? 아니면, '그래, 진작 그랬어야 하는 건데.' 하며 흐
뭇해 하실까?

금연 식당

[우리 식당은 금연 식당입니다. 손님께서는 흡연을 삼가 주시기 바랍니다.]

어느 식당에를 갔더니 위와 같은 글귀가 붙어 있는 것이었다.

나는 십수 년 전에 이미 담배를 끊은 터. 주문을 받으러 온 주인에게 "이 식당에서는 담배를 피울 수 있습니까? 없습니까?" 하고 물었더니, 주인은 대답은 않고 내 얼굴을 한참을 뚫어져라 쳐다보더니 '아니 글도 모르나? 아니면 또 무슨 트집을 잡으려 그러나?' 하는 듯한 좀은 떫은 투로

"저기 안 보이십니까?"

하며 글귀를 손으로 가리키는 것이었다.

"안 보이다니요. 식당에 들어서면 제일 먼저 눈에 확 들어오는 걸요. 한데, 헷갈려서 그런다고요. 윗줄에는 금연 식당이라 했으니 담

똑똑한 손자와 팔불출 할아버지

배를 피울 수 없다는 게 분명한데 아래 줄에 보니 흡연을 삼가 달라고 했으니 이건 피울 수 있다는 이야기가 아닌가요?"

주인은 어처구니가 없다는 투다. 속으로는 '별놈 다 보겠네. 나 원 참. 별걸 다 시비야 시비가.' 이렇게 욕을 하며 못마땅해 했겠지.

금연 식당이라 했으면 됐지, 흡연을 삼가 달라는 건 또 무슨 사족(蛇足)인가? '삼가다'란 말을 국어사전에서 찾아보면 '조심하다. 경계하다. 지나치지 않도록 하다.' 등의 뜻이다. 그러니까 이 말은 전면 금지의 뜻이 아니라 일부 허용을 뜻하는 말이다.

그렇다면 고마운 손님에게 좋아하는 담배를 피우지 못하게 하는 것이 주인으로서 너무도 미안하고 송구스러워서 너무 많이 피우지 말고 조금만 피우라든지 아니면 남이 보지 않을 때 조심해서 조금씩 피우라는 말인가?

그건 아닐 거다. "우리 식당은 금연 식당입니다." 하면 어쩐지 너무 일방적이고 위압적인 것 같아서 좀 더 부드럽게, 아니 타협적인 말로 손님들의 마음을 조금이라도 상하지 않게 하려는 배려에서 '삼가다'의 뜻도 제대로 모른 채 이런 표현을 했을 게다.

만일 어떤 공공장소에 "이곳은 금연구역입니다. 흡연을 삼가 주십시오. 흡연하다 적발되면 오만 원의 벌금이 부과됩니다." 라는 글귀가 붙어 있다면?

나는 혼란스럽기만 하다. 행여 누가 담배를 피우다 적발돼 벌금 문제로 시비가 붙었다면? 흡연을 삼가 달라고 해서 아무도 없는 구석에서 딱 한 대 조심스럽게 피웠는데 무슨 소리냐며 항변한다면? 삼가라 해놓고 적발한다면 이는 모순 아닌가? 함정 적발 아닌가?

누구의 잘못인가? 이런 글귀를 써 붙인 사람? 적발한 사람? 아니면, 담배를 피운 사람? 있을 법한 일 같다. 그리고 정말 이런 일이 일어난다면 어떻게 처리될까? 나는 그게 정말 궁금해서 못 배길 지경이다. 그러면서 한편으로는 쓸데없는 이런 일에나 집착하는 나 자신이 한없이 한심하다는 생각이 든다.

야, 너 이제 운전하지 마라

'고희(古稀)'란 말이 지금은 맞지 않는 말이겠지요? 인생 칠십 고래 희(人生七十 古來稀)라니.

나는 75세, 우리나라 나이로는 76세랍니다. 나이가 꽤 많은 축에 속하나요? 하지만 지금까지 나는 나이가 많다는 생각, 즉 노인이란 생각은 전혀 하지 않았답니다.

한데, 금년 들어 짧은 기간 동안에 참 어처구니없는 황당한 일을 연속적으로 당하고 나니, 나도 이제 어쩔 수 없는 늙은이가 아닌가? 아니, 이게 소위 말하는 치매의 초기 증상은 아닌가? 해서 착잡하면 서도 불안한 생각이 불시에 일기도 한답니다.

지난 2월이었죠.

분당 제일여성병원에서 출산을 한 우리 둘째 며느리가 퇴원하는 날이었답니다. 직장에 간 아들이 잠깐 나와서 퇴원시켜 주고 가겠다는 걸 뭐 그럴 필요 있겠느냐, 내가 퇴원시킬 테니 아무 걱정하지 말라고 큰소리를 치고 10시에 아내와 같이 병원으로 갔지요.

이 병원은 주차장이 부족해서 늘 옆에 있는 전용 주차건물인 퓨전 주차장에 차를 세우도록 안내를 하더라고요. 아내를 병원 앞에 내려 주고 나는 안내해 준 주차장으로 갔지요. 한데, 벌써 차들이 꽉꽉 찼더라고요. 지상 5층까지 올라갔지요. 다행히 빈자리가 하나 있어서 가까스로 주차를 하고 병원으로 급히 달려갔지요.

벌써 퇴원 준비를 다 마치고 기다리고 있더라고요. 그날따라 날씨는 매섭게 추웠지요. 나는 "아기를 단단히 잘 싸안고 산모도 옷을 두둑하게 입고 병원 입구로 내려와라. 내 금방 차를 가지고 오마." 하고 부지런히 주차장으로 갔지요.

5층. 분명히 5층에 차를 세웠다고요, 5층. 엘리베이터에서 내려 오른쪽 끝 내가 차를 세웠다고 지목하고 간 곳에 내 차는 없더라고요. 아니, 이게 어떻게 된 일이지? 나는 층만을 확인했을 뿐 번호는 어찌해서 그랬는지 생각 밖이었더라고요. 5층. 나는 다시 한 번 확인을 하며 그 넓은 공간을 샅샅이 살피며 한 바퀴를 돌았지요. 그래도 나는 차를 찾지 못했습니다.

'아니, 이럴 수가! 분명히 5층이었는데……'

나는 6층으로 올라가 봤지요. 있을 리가 있겠어요?

'분명히 5층이었어.'

나는 다시 5층으로 내려와 정신을 가다듬으며 또 한 바퀴를 돌았답니다. 역시 찾지를 못했지요. 황당하고 난감하기 짝이 없더라고요.

똑똑한 손자와 팔불출 할아버지

나는 지금까지도 이해가 안 됩니다. 분명히 5층에 세워 둔 내 차가 어떻게 해서 4층에 가 있었는지.

허둥지둥 차를 몰고 병원 문 앞으로 갔지요. 아니 어디 가서 뭘 하다 이제 오느냐며 아내는 눈을 하얗게 뒤집고 잡아먹을 듯 달려들더라고요. 며느리는 아무 소리도 못 하고 사고라도 난 줄 알았다며 왜 이렇게 늦으셨냐고 하더군요. 나는 입을 꾹 다문 채 짐을 날라다 차에 실었지요. 무슨 변명이 필요했을까요. 자초지종을 이야기하기에는 자존심이 도저히 용납되지 않더라고요.

"여기를 찾지 못하고 다른 곳을 헤매다 왔겠지, 뭐."

길눈이 어두운 나를 잘 아는 아내는 나름의 판단을 하고는 속으로 분을 삭이는 듯했죠. 하지만 아무리 길눈이 어둡고 멍청하기로서니 100m도 안 되는 거리를 찾지 못해 헤맸을라고요. 나는 지금껏 그날의 전말만은 실토하지 않고 버틴답니다.

분당 제생병원에 친구가 입원을 했다는군요. 동창 황형과 문병을 가기로 했지요. 바로 3월 18일입니다. 서현역 1번 출구에서 만나기로 했지요. 마침 태재고개 근방 둘째 아들네 가 있던 참이었지요.

아파트에서 서현역까지는 버스로 20분이면 갈 수 있는 거리. 내가 자청해서 그리로 정한 거랍니다. 나는 좀 일찍 서둘러 집을 나섰습니다. 그런데 버스 정류장에서 버스를 기다리고 있는데, 황형에게서 전화가 오더라고요. 자기는 벌써 서현역 1번 출구에 와 있으니 빨리 오라는 거였어요. 그래, 금방 갈 터이니 기다리라 하고 전화를 끊었지요.

미리 나오기를 잘했다 생각하며 버스를 타고 가는데, '이번 정류장은 율동공원, 다음 정류장은 어디.' 이런 식으로 자막과 함께 차내 방송이 나오더라고요. 한데, 그사이를 못 참고 또 전화가 오더라고요. 지금 어디쯤 오는 중이냐고. 이제 율동공원을 지났으니 곧 갈 거라고 하고 전화를 끊었지요. 그리고 한참 후.

"이번 정류장은 서현역입니다. 다음 정류장은……."

버스가 서기 무섭게 나는 뛰어내렸죠. 그리고 구름다리를 건너 반대편으로 가 백화점 안으로 들어갔습니다. 백화점 아래 지하철이 있으니까요. 지하철 1번 출구를 찾아갔지요.

한데 황형이 보이지 않더라고요. 아무리 두리번거려도 없더라고요. 전화를 했지요. 아니, 어디 있는 거냐고. 그랬더니 황형은 1번 출구 앞이지 어디긴 어디냐는 거였어요. 아니, 지금 내가 1번 출구 앞에 와 있는데 무슨 소리냐니까 네가 무슨 소리를 하는 것이냐며 분명히 자기가 1번 출구 앞에 있다는 거였어요.

나 이렇게 답답할 수가. 조금 뜸을 들이더니 "가만있어 봐, 그러면 백화점 5번 게이트를 찾아보라고." 이러는 겁니다. 그러면 그렇지. 이 친구가 엉뚱한 곳에 가 있다고 생각하며 나는 백화점 안으로 들어가 5번 게이트를 찾았지요. 한데 이 백화점에는 4번 게이트까지만 있고 5번 게이트는 없다는군요. 아니, 이 친구가? 나는 열이 나서 다시 전화를 했지요.

"야, 5번 게이트는 있지도 않은데, 너 도대체 어디 가 있는 거여?" 나는 소리를 버럭 질렀지요. 황형도 어이없어하기는 마찬가지 같더라고요. 전화가 갑자기 뚝 끊어지더라고요.

똑똑한 손자와 팔불출 할아버지

한참 후에 다시 전화가 와서 받으니 다짜고짜 너 지금 어느 역에 있느냐는 거였어요. "아니, 어느 역은? 서현역이지 어느 역이야" 나는 버럭 소리를 질렀지요. 그랬더니 너 거기 수내역이 아니냐는 거였어요. 그러면서 "너 지금 롯데백화점에 있지, 잘 봐." 이러더라고요.

나는 옆 사람에게 여기가 무슨 전철역이냐고 물어봤죠. 수내역이라고 하더라고요. 아니, 이럴 수가. 정말 미치고 팔짝 뛸 노릇이더라고요. 분명 이번 정류장은 서현역이라는 안내 방송을 듣고 내렸고, 구름다리를 건너 반대편 백화점으로 가서 지하로 내려가 지하철 출구를 찾아갔는데.

나는 수내역과 서현역의 구조가 비슷하다는 것은 전혀 몰랐습니다. 수내역에 있는 백화점은 롯데백화점, 서현역에 있는 백화점은 AK플라자 백화점이라는 것도 이번 일을 계기로 해서 알게 되었답니다.

내 입으로 서현역에서 만나기로 약속을 하고 엉뚱한 수내역에 가 앉아서 아무 잘못도 없는 황형만을 탓하고 욕을 했으니……

전철로 한 정류장을 가 서현역에서 내려, 참 천신만고 끝에 황형을 만났지요. 결단코 전에는 이런 일이 없었거든요. 이게 치매 초기 증상은 아닌가요? 황형은 두 볼이 잔뜩 부어서 아무 말도 하지 않더라고요. 나중에 딱 한마디 하더라고요.

"야, 너 이제 운전하지 마라."

어르신 운전 중

　우리 마을 앞을 지나는 70번 도로는 제한 속도가 60㎞다. 굴곡이 많은 2차선 도로. 한데 규정 속도 60㎞를 지키는 차는 내가 보기에는 정말 한 대도 없는 것 같다. 보통 80㎞는 달린다.

　규정 속도를 지킨답시고 천천히 가는 차가 있으면, 뒤에 오는 운전자들에게 욕을 바가지로 먹는다. 추월하기도 힘들고 간신히 추월해서 옆으로 쌩 지나가며 눈을 하얗게 뒤집고 쳐다본다. 속으로 무슨 욕을 얼마나 할까? 어떤 놈은 대놓고 욕을 해 붙이고 가는 놈도 있다.

　얼마 전에 새로 낸 D마을 앞 외곽도로. 1.5㎞정도를 곧게 4차선으로 만들었다. 여기도 똑같이 시속 60㎞다. 하지만 모든 차들이 100㎞이상으로 달린다. 그 구간만이라도 제한 속도를 좀 높여야 하지 않을까?

똑똑한 손자와 팔불출 할아버지

얼마 후에 보니까 한쪽 방향에는 카메라를 설치했다. 카메라가 설치되지 않은 쪽은 여전히 100㎞ 이상으로 달리고, 카메라가 설치된 쪽은 고속으로 달려오다 카메라 가까이 와서 속력을 줄인다. 4차선 직선구간. 여기는 한 80㎞정도 주는 것이 합리적일 것 같은데 60㎞를 고집하는 이유는 무엇인지.

나는 가능하면 교통법규는 꼭 지키려 노력한다. 그런데 그게 다른 사람이 보기에는 그렇게 답답하고 못마땅한 모양이다. 오죽하면 조수석에 탄 아내까지 좀 달리라고 한다든지, 빨간불 신호등일 때 차도 없는데 그냥 지나쳐 가라고 충동질을 할까. 하지만 추호도 그런 유혹에 빠지지 말자. 그러니 나는 다른 운전자들로부터 눈총도 받고 욕도 먹게 마련이다.

언젠가는 뒤에 바짝 따라오던 덤프트럭이 '빵빵' 하고 위협적으로 경적을 울렸다. 한쪽으로 비키든지 그렇지 않으면 빨리 가라는 경고다. 규정 속도를 어겨 가며 70㎞로 달리고 있는 난데……. 나도 오기가 생긴다. 아니, 60㎞도로에서 70㎞로 달리는 것도 과한데 나더러 어쩌라고! 미친놈.

나는 들은 척도 않고 시종일관 그 속도로 달렸다. 금방이라도 들이받을 듯 바짝 따라붙던 놈은 어느 지점에서 난폭하게 확 튀어 나가더니 앞에 가서 딱 멈춰 서는 것이다. 깜짝 놀라서 나도 멈춰 섰다. 나는 놈이 제풀에 지쳐서 갈 때까지 느긋하게 기다렸다. 아마 내가 어떤 반응이라도 보였다면, 놈은 '기회다!' 하고 시비를 걸었을 것이다.

그런데 얼마 전 지인이 세로 10㎝, 가로 20㎝ 정도 되는 용지에 위에는 '천천히 안전운전'이라고 잔글씨로 쓰고, 큰 글씨로 '어르신 운전 중' 하고 밑에는 또 작은 글씨로 로고와 함께 '경찰청', '도로교통공단', '손해보험협회'라고 쓴 스티커를 자동차 뒷유리에 붙여 줬다.

이 스티커는 물론 개인이 만든 것은 아니다. 교통사고 예방을 위해 공공기관에서 만들어 노인이 운전하는 차량에 붙여 주는 것이란다. 그것을 붙이고 다니니까 일단 한 수 접어주는 것 같다.

어디선가 보니까 대문짝만한 글씨로 '할머니 운전 중'이라고 인쇄한 용지를 뒤에 붙이고 다니는 걸 본 적이 있다. 추측컨대 할머니와 사이가 아주 각별한 손자나 손녀가 시원찮은 할머니의 운전 솜씨가 영 미덥지를 않고 불안 불안해서 고심 끝에 붙여 드린 것은 아닌지.

'어르신 운전 중'이라. 그래, 어르신이 운전 중이니 어쩌란 말인가? 까불지 말고 알아서 기라는 고압적인 경고는 물론 아닐 테고, 순발력도 떨어지고 판단력도 흐린 노인이 운전하는 차니 어쩌랴. 아무리 못마땅하고 답답하더라도 좀 참아 주렴. 이렇게 호소하는, 아니 사정하는 쪽지가 아닌가.

막내가 사는 호주엘 가보면 좀 죄송스러운 표현이긴 하지만 귀신같은 호호백발 할머니 할아버지들이 운전하고 다니는 걸 많이 볼 수 있다. 기동하기도 어려운 저런 노인들이 어떻게 운전을 할 수 있을까? 신기하면서도 걱정스럽기도 했다. 호주건 우리나라건 나이 많은 사람은 운전할 수 없다는 법은 없는 것 같다. 적성검사만 통과한다면 아무리 나이가 많아도 그건 문제가 되지 않는 것 같다.

똑똑한 손자와 팔불출 할아버지

나이 많은 애비가 운전하는 것이 영 못 미더웠던지 지난 추석에는 큰아들이 블랙박스를 달아 주고 갔다. 제가 잘못해서 사고를 내고도 노인이라고 허물을 덮어씌우는 그런 일은 이제 없을 거라고 했다. 그러면서 "아버지, 교통 법규 잘 지키시고 절대 과속하지 마시고 조심해서 운전하셔야 해요. 여기 다 찍혀요." 한다.

어따. 이건 또 무슨 소리여. 유사시 시시비비를 가리기 위함이라더니, 그게 아니고 나를 감시하고 규제하려 함이 아닌가? 그것 참…….

한데, 내 큰 사돈은 매사가 칼 같은 분이었다. 80세가 되니 운전대를 딱 놓았다. 아예 차를 딸에게 인계하고 운영비 일체를 대주며 필요할 때면 딸이 운전하는 차를 타고 다녔다. 근력도 좋고 내가 보기에는 얼마든지 운전을 더 할 수 있을 것 같았는데……. 그분의 처사가 옳은 건지 아니면 너무 성급한 결정은 아닌지 나는 잘 모르겠다.

어쨌거나 나도 불원간 운전대를 놓아야 할 시기가 가까워진 것 같다.

명함

　나는 70이 넘은 지금까지 명함이란 걸 한 번도 가져 본 적이 없다. 명함이란 게 뭔가? 국어사전을 찾아보면 자기의 성명, 주소, 직업, 신분 등을 적은 종이 쪽이라 되어 있다.

　나를 남에게 알리기 위한 쪽지. 지금은 자기 PR시대란다. 해서 처음 만나는 사람에게 '나는 이런 사람이요.' 하고 자랑스럽게 내밀기 위한 쪽지. 그렇다 보니 무엇보다도 신분을 과시하기 위해서 신경을 많이들 쓰는 것 같다.

　명함이 없다는 건 나를 남 앞에 자랑스럽게 내세울 것도, 또 나를 남에게 알릴 것도 없다는 게 아닌가. 하긴 선생이란 직업이 말로는 성직입네, 어쩌네 하면서도 실제로는 별로 대접을 못 받는 게 사실이다. 그러니 자랑스럽게 남 앞에 내세울 것도 없고 또 나를 남에게 알

　똑똑한 손자와 팔불출 할아버지

려야 할 어떤 필요성도 나는 별로 느끼지 못했다.

현직에 있을 때 보면, 대부분의 선생님들은 명함이 없었다. 그런데 간혹 평교사가 명함을 가진 경우가 있었다. 명함이 있다는 것만으로도 동료 교사들 사이에서 이야깃거리가 될 판인데, 이 사람은 '×× 고등학교 교사, 1학년 5반 담임, 학생 선도위원, 문예반 지도교사, 교지편집 책임교사' 이런 너절한 것들을 직함이라고 나열한 명함을 가지고 다녔다. 돌출행동을 잘하고 과시욕이 대단한 선생이었다. 다들 그랬다.

'미친놈, 놀고 있네.'

점잖은 자리에서 처음 만나는 사람과 통성명을 하고 상대가 정중하게 명함을 내밀 때, 나는 좀 송구스럽게 생각된 적도 있었다.

"죄송합니다. 저는 명함이 없습니다."

이렇게 넘기면 그만이다. 명함을 주지 않는다고 누가 시비를 거는 것도 아니고, 또 명함이 없어서 주지 못 하는 것이 그때는 좀 미안하기도 하지만 그것으로 그만이다. 어쨌든 나는 명함의 필요성을 전혀 느끼지 못해서 지금껏 명함이 없다.

대개 보면 별것도 아닌 사람일수록 명함에는 너절한 직함 나열하기를 좋아하는 것 같다. ○○○ 협의회 회장, ○○○ 자문위원, ○○○ 운영위원…….

이름은 거창한데 실상은 아무것도 아닌 유명무실한 경우가 많다.

아무리 과시욕이 강하다 해도 별 관계도 없는 직함을 버젓이 활자화할 수 있는 그 용기가 부럽기만 하다.

그까짓 것 이참에 나도 뒤늦게나마 명함이나 한번 찍어 호기 있게 뿌려 볼까? 거안실업 대표 홍성열(거안실업=거실과 안방을 실없이 왔다 갔다 하는).

똑똑한 손자와 팔불출 할아버지

아저씨, 안장이 너무 낮아요

　나는 오후가 되면 자전거를 타고 농로를 따라 멀리까지 한 바퀴씩 도는 것이 일과다. 한 시간 내지 한 시간 반 정도 시간이 걸린다. 거리상으론 10여 ㎞안팎일 게다. 벌써 그렇게 한지도 10년이 넘었다. 그게 내 유일한 운동이다.

　귀향해서 무료함도 달래고 운동도 할 겸 해서 시작한 것이다. 이제는 하루라도 거르면 무엇을 잊은 것같이 허전하고 개운하지를 않다. 해서, 웬만해서는 거르는 법이 없다. 비가 오나, 눈이 오나, 추우나, 더우나, 나는 자전거를 탄다.

　눈이 쌓인 겨울에도 바퀴가 구를 정도만 되면 자전거를 끌고 나선다. 미끄러운데 위험하다며 아내나 애들이 극구 말려도 소용없다. 언젠가는 빙판길에 나섰다가 넘어져서 크게 다칠 뻔한 적도 있었다.

한번은 자전거를 타고 농로를 달리는데, 역시 자전거를 타고 내 뒤를 따르던 어떤 젊은이가 나를 휙 추월해 가며 "아저씨, 안장이 너무 낮아요." 하는 것이다. 나는 멈춰 서서 안장을 살펴봤다. 최대로 낮춰져 있다.

안장이 너무 낮아서 자전거 타는 폼이 이상했나? 아니면 안장 높이가 내 몸과 맞지 않아 안타까워서 바로 지적해 준 것일까? 빗겨 가며 인사치레로 그냥 한마디 던진 걸까? 그것도 아니라면 나잇살이나 먹은 사람이 무슨 운동을 한답시고 자전거냐며 아니꼽살스러워서 한마디 한 것은 아닐까? 나는 그 젊은이의 의도가 자꾸 궁금해졌다.

나는 안장을 중간쯤으로 높였다. 별로 높아진 것 같지 않은데, 타 보니 굉장히 높이 올라앉은 것 같고 불안하다. 앞으로 나가는 데 힘이 실린 것 같다. 사실 나는 안장 높이라든지, 기어 변속이라든지, 그런 것엔 전혀 신경을 쓰지 않았다. 처음 되어 있던 그래도 탈 줄만 알았다. 중학교 다닐 때 3년간 자전거 통학을 해서 나는 자전거 타는 데는 자신이 있었다. '아무렴, 자전거 타는 데 자신 없는 사람 있을까?' 하겠지만, 그게 아니다. 우리 또래 남자들 중에는 자전거 탈 줄 모르는 사람이 의외로 많다.

시골에서 농사짓는 내 친구 하나는 아들이 자전거를 큰길 버스 정류장 옆에 세워 놓고 서울을 가면서, 버스정류장 옆에 자전거 세워 놨으니 끌고 가시라고 전화를 했단다. 친구는 지게를 지고 나가서 자전거를 지게에 지고 오는데 그 꼴을 본 동네 사람이 "아니, 자전거를 타고 갈 일이지, 지고 가다니 쯧쯧." 하며 혀를 차더란다. 옆에 사람이 "지고 가는 사람 심정이야 오죽할라고. 저 사람 자전거를 탈 줄 모른다네." 했다나.

그랬더니 "아, 그러면 끌고 가지 지고 가다니……." 하지만 이 사람도 뭘 모르고 하는 소리다. 자전거는 타고 가는 것보다 끌고 가는 것이 훨씬 어렵다는 사실을!

농로도 웬만한 곳은 농기계가 다니기 좋도록 다 시멘트로 포장을 했다. 해서 자전거 타기엔 안성맞춤이다. 경사도 별로 없는 데다 차도 어쩌다 한 대씩 다녀서 한산하다. 도로 폭은 그다지 넓지는 않고, 그저 차 한 대가 지나기 좋을 정도다. 군데군데 차가 피할 수 있는 곳도 만들어 놓았다. 하지만 차가 올 때는 아주 조심해야 한다.

나는 차가 앞에서 올 때나 뒤에서 올 때면, 으레 미리 자전거를 길 옆으로 바짝 붙이고, 왼쪽 발을 땅에 대고 서 있다가 차가 지나간 후에야 가곤 했다.

그런데 이날. 젊은이에게서 안장이 낮다고 지적을 받은 날. 나는 안장을 중간쯤으로 높여 타고 한참을 가는데 뒤에서 트럭 한 대가 오는 것이었다. 어떤 운전자는 멀리서 "빵~" 하고 짧게 경적을 한 번 울려 차가 간다는 것을 미리 알려 주는가 하면, 천천히 뒤따라오며 비켜 주기만을 기다리는 느긋한 사람도 있다. 그런가 하면 어떤 놈은 어느새 나타났는지 뒤꽁무니까지 바짝 따라와서는 "빵" 하고 경적을 울려 사람 간이 떨어지게 하기도 한다.

이날 트럭 운전하는 놈이 그랬다. 차가 오는 기척도 전혀 느끼지 못했는데, 어느결에 왔는지 뒤에 바짝 따라붙은 놈은 "빵!" 하고 그것도 크게 경적을 울렸다. 빌어먹을 놈. 나는 기겁을 해서 길옆으로 바짝 자전거를 붙이고 늘 하던 대로 왼발을 땅에 대고 멈춰 서려는데, 이게 웬일인가? 발이 땅에 닿지를 않는 게 아닌가!

나는 자전거와 같이 모로 쓰러지며 자전거에서 튕겨 나와 길 아래쪽으로 굴러떨어졌다. 잡풀더미 위라 급히 구르는 게 아니라 서서히 한 바퀴, 두 바퀴, 굴러서 수로에 가 처박혔다. 허우적거리며 아무리 일어나려고 해도 영 일어날 수가 없다. 왜 이런다지?

가까스로 일어나 길 위로 올라왔다. 얼굴을 문지르고 옷의 흙을 대강 털고 자전거를 일으켜 세웠다. 이게 무슨 꼴이람. 창피하기 짝이 없다. 주위를 둘러봤다. 저 앞쪽에 아까 그 트럭이 서 있다가 출발하는 게 보인다. 나쁜 놈. 그래도 일말의 양심은 있어서 그대로 가 버리지 않고 멀리서나마 지켜보고 있다가 내가 멀쩡하게 일어나 움직이는 것을 보고 간 것인가?

잘잘못을 떠나서 제 차 앞에서 사람이 쓰러졌으면 당연히 차를 세우고 내려서 살펴봐야 하는 게 도리가 아닌가? 해서 괘씸한 생각이 들면서도, 한편 대면하지 않은 것이 또 얼마나 다행인지 모른다는 생각도 든다.

집에 와서 아내 몰래 씻고 옷을 갈아입는 데 정강이가 얼얼하다. 보니까 5㎝는 되게 찢어지고 피가 엉겨 붙었다. 넘어지면서 자전거에 부딪친 모양이다. 나는 아내에게도 넘어졌다는 얘기를 하지 못했다. 빌어먹을…….

말이나 글은 항상 정확해야 한다

말이나 글은 항상 정확해야 한다. 표현이 잘못돼서 의도한 바와는 전혀 다른 뜻으로 해석할 수 있다든지 낱말의 뜻을 제대로 알지 못하고 써서 엉뚱한 뜻이 된다든지 하면 때로는 심각한 문제가 될 수 있기 때문이다.

내가 교직에 있을 때다. 한번은 월남 파병 국군 장병에게 위문편지를 쓰게 되었다. 학생들이 쓴 편지를 수거해서 일단 점검을 하고 선별해서 보내기로 했다. 한데 지금까지도 잊을 수 없는 일들이 몇 가지 있다.

"국군 장병 아저씨. 이억 만 리 타국 땅에서 오늘도 얼마나 노고가……."

거리상으로 우리나라에서 월남까지가 이억만 리인지 어쩐지는 잘 모르겠지만, 그 학생은 이역만리(異域萬里)를 잘못 알고 쓴 것 같았

다. 이런 것은 얼마든지 애교로 봐줄 수 있는 일이다. 그런데 어느 학생의 편지를 보니까 끝인사로

"장병 아저씨의 명복을 빌며 오늘은 이만 줄이겠습니다."

아니, 이건 위문편지가 아니라 저주하는 편지가 아닌가! 명복을 빌다니……. 이 무슨 망발인가? 그 학생은 명복의 정확한 뜻을 모르고 그저 복을 빈다는 뜻으로 쓴 것 같았다.

요새 젊은이들은 '굵다', '가늘다'란 말을 잘 모르는지 '굵다', '가늘다'를 써야 할 곳에 '두껍다', '얇다'란 말을 써서 의아한 적이 있다. "나는 허리가 두꺼워서 아무리 좋은 옷을 입어도 티가 나지 않으니……." "다리가 참 얇으시네요." "나는 팔뚝이 두꺼워서 여름에도 짧은 소매는……." "머리카락보다 더 얇은 실로……."

이게 말이 되나? 언젠가는 아나운서도 그런 식으로 말하는 걸 들은 적이 있다. 이렇게 말하는 사람이 의외로 많다는 데 문제가 있다. 왜일까? 아무리 곰곰 생각해 봐도 나는 그 이유를 모르겠다.

나이가 좀 든 분들에게 나이를 물을라치면 "나이? 많지. 나 구십다섯 살이여." "나 몇 살 안 되었어. 이제 칠십 둘." 이런 식으로 앞에는 한자말, 뒤에는 우리말로 말한다. 아흔 오 또는 일흔 이 같이 앞에는 우리말, 뒤에는 한자말로 말하는 것은 지금껏 들어 보지 못했다. 왜일까?

글쎄, 그것도 이유를 모르겠다. 구십 오세, 칠십 이세 또는 아흔다섯 살, 일흔두 살 이렇게 한자말은 한자말끼리 우리말은 우리말끼리

똑똑한 손자와 팔불출 할아버지

아울러 써야 한다.

유행가 가사야 하도 요상한 게 많으니까 말하기가 좀 그렇지만 "빵 빵빵빵 기적을 울리며 시골 버스 달려간다." 툭하면 들을 수 있는 이 노래. 당최 버스가 가는 건지, 기차가 가는 건지. 인터넷에 들어가 보니까 잘못을 지적한 글이 많이 올라와 있다.

해서 곧 고쳐지려니 했는데, 계속 그대로 불린다. 노래를 만든 사람이나 부르는 사람이나 모를 리는 없을 테고 오불관언인가 무관심인가, 도저히 이해가 되지 않는다.

얼마 전 모 주요 일간지 1면에 실린 사진을 설명한 글을 읽고 깜짝 놀란 적이 있다. 미국 쌍둥이 건물 폭파 몇 주년이 되는 날 많은 인파가 모여 추모 행사를 벌이는 사진인데 '쌍둥이 건물 폭파 ×주년을 맞이하여 그날을 기리기 위해 모인 시민들'이라고 했다. 아니, 그날을 기린다니. 그때 희생당한 유족들이 보면 기가 막힐 노릇이 아닌가!

추측컨대 이 글을 쓴 사람은 '기리다'란 말의 뜻을 '잊지 않고 오래오래 기억하다.' 쯤으로 잘못 알고 쓴 것이 아닌가 생각된다. 한데 '기리다'란 '칭찬하다. 찬사를 드리다.'의 뜻으로 쓰이는 말이다. 그렇다면 그날을 찬미하기 위해서 모인 인파라는 말인데, 그날을 찬미하다…… 이런 망발이 있을 수 있는가?

새삼 말 한마디의 중요함을 절감한다. 이런 걸 자꾸 타내는 나를 보고 아내는 누가 국어 선생 퇴물 아니랄까 봐 그러느냐며 타박이다. 그까짓 것 개떡 해도 찰떡으로 제대로 알아들으면 됐지, 골치 아프게 뭐 그렇게 신경을 쓰느냐는 거다. 하지만 아내 말대로 국어 선생 퇴물 귀에는 개떡 같은 소리가 절대 찰떡으로는 들리지 않으니 어쩌랴.

똑똑한 손자와 팔불출 할아버지

신문지

내가 어릴 때만 해도 종이가 참 귀했다. 담배 말아 피울 종이가 없어서 아들 책장을 찢은 무식하고 못된 아비도 있었고, 신문지 한 장을 얻고는 무슨 큰 보물이라도 얻은 듯 좋아서 어쩔 줄 몰라 하던 머슴도 있었다.

집집마다 울퉁불퉁한 벽은 고운 명개를 발랐고, 그 위에는 빈대를 눌러 죽인 자국만이 어지럽게 나 있었다. 신문지로라도 벽지를 바른 집은 찾아보기 힘들었다.

1950년대 초 내가 중학교에 다닐 때 50여 호 남짓한 시골 우리 마을에는 신문을 구독하는 집이 딱 한 집 있었다. 그때는 물론 시골까지 신문이 배달되지 않아서 읍내 중학교에 다니던 나는 매일 하루 지난 구문을 지국에 가 찾아서 면에 다니던 아저씨 댁에 전해 주곤 했었다.

그때 신문은 1면 정치면, 2면 경제면, 3면 사회면, 4면 문화면 이렇게 4면이었다. 지금 신문과 비교하면 참 격세지감이 있다.

2014년 9월 18일 배달된 조선일보를 보니 A40, B12, C8, D4, E4 해서 자그마치 총 68면이나 된다. 아니, 언제부터 신문 면수가 이렇게 어마어마하게 많아졌지? 무슨 기사, 무슨 읽을거리가 이렇게 많단 말인가? 하지만 그 많은 면수에 비해 읽을거리는 그리 많지 않은 것 같다. 광고, 온통 광고 투성이다.

젊은이들은 텔레비전이 있고 인터넷이 있는데 신문이 무슨 필요가 있느냐며 외면하고, 구닥다리 우리 같은 나이 많은 사람들이나 읽는 것으로 치부한다.

어떤 때는 돈 내고 광고를 보는 게 아닌가 싶어서 은근히 부아가 날 때도 있다. 무슨 놈의 광고는 그리 많은지. 신문이 아니라 광고지로 착각이 들 정도다.

게다가 신문에 끼워 들어오는 각종 광고지는 또 얼마나 많은가. 천연색으로 인쇄된 고급 종이. 거들떠보지도 않고 쓰레기장으로 직행하는 그 많은 광고지. 그것들을 모아 버리는 일도 여간 귀찮은 게 아니다. 왜 이렇게 일방적으로 보기를 강요하는 것일까? 나는 그저 종이가 한없이 아까울 뿐이다.

호주에 이민 간 막내아들네를 갔더니 거기도 마찬가지로 광고지가

똑똑한 손자와 팔불출 할아버지

넘쳐난다. 우편물을 수거해 들여올 때 보니까 한 아름씩 들고 들어온다. 정작 필요한 우편물은 없고 그게 다 광고지들이다. 두툼한 책자로 된 것들도 많다.

한데 우편함 옆에 'no junks'라는 글귀가 눈에 많이 뜨인다. 처음에는 그게 무슨 말인가 했다. 쓰레기(잡동사니) 넣지 말라고? 아니, 누가 우편함에 쓰레기를 버리나? 아니다. 광고지 따위를 넣지 말라는 것이란다. 수긍은 가지만 저렇게 좋게 말한다고 순순히 따라줄까? 괜히 궁금해진다.

'신문에 광고지 끼워 넣지 마시오.'

나도 이렇게 써서 붙여 볼까?

신문지가 넘쳐나고 광고지가 넘쳐나서 공해로까지 인식되는 이 현실. 나는 그럴 때마다 내가 어릴 때 목도했고, 또 실제 사용했던 시골 화장실, 아니 뒷간 정경이 아련히 떠오르곤 한다.

뒷간은 집 한 편 외진 곳이나 외양간 옆에 있었다. 둥그런 또는 네모진 큰 회통을 땅속에 묻고 그 위에는 나무토막 두 개를 척 걸쳐 놓고 그 나무토막 위에 걸터앉아 용변을 보는 변소. 회통이 어찌나 크고 깊던지 밑이 까맣게 내려다보이던 뒷간.

걸쳐 놓은 나무토막은 밑을 깎아 움직이지 않게 했으면 좋았으련만 위에 올라서면 뒤뚱뒤뚱 밑으로 떨어질 듯 조마조마하고 불안불안해서 똥끝이 도로 들어갈 지경이었다. 할머니 말씀대로 아버지가 잔재비가 없으셔서 우리 집만 그런가 했더니, 다른 집 뒷간도 다 그 모양이었다. 그러니 깜깜한 밤에 뒷간에라도 갈라치면 이건 정말 죽기 다음가게 싫은 일이었다.

그러고 보니 애들뿐 아니라 어른들도 똥통에 빠져서 똥독이 올랐느니 어쩌니 하기도 했다. 실제로 내 친구 한 명도 똥통에 빠져서 그 엄마가 그를 빨가벗겨 놓고 며칠을 두고 씻겼는데도 고약한 냄새가 가시지를 않아서 친구들이 옆에 오지도 못하게 하고 놀림감이 되기도 했었다.

다행히 나는 똥통에 빠지는 끔찍한 꼴은 당하지 않았지만, 지금도 어릴 적 뒷간 생각만 하면 마음이 조마조마해진다.

추석이 지나고 김장철이 되면 집집마다 변소 회통에다 물을 퍼다 부었다. 내용물을 묽게 해서 김장밭에 퍼다 붓기 위해서다. 그때쯤 이면 정말 변소 가기가 무시무시했다. 회통에 오물이 가득 차면 그것을 보는 것만도 소름이 끼쳤다.

하지만 그건 그리 오래가지 않았다. 묽게 풀어진 오물은 곧 퍼다 김장밭에 끼얹었다. 마을에는 냄새가 진동하고 파리들이 극성을 부렸다.

한데, 집집마다 뒷간 앞에는 나무토막 위에 걸터앉아서 손이 닿을 만한 위치에 어김없이 짚단이 매달려 있었다. 용변 후 뒤처리용이다. 말하자면 화장지 대용이었다. 지푸라기 몇 개를 뽑아서 그것을 구겨 밑을 닦았으니! 지금 생각하면 참 끔찍하기까지 하다.

그런데 간혹 면서기 집같이 짚단 대신 신문지를 손바닥만 하게 오려서 매달아 놓고 일을 보곤 그 신문지를 한 장 쏙 뽑아서 밑을 닦는 집이 있었다. 그러니 그 집 식구들은 얼마나 고상하고, 위생적이고, 품위가 있었는지. 나는 그저 한없이 부럽기만 했었다.

지금은 천덕꾸러기가 된 신문지가 그때는 이렇게 사람들을 위생적이고 고상하게 만들었으니……. 주체할 수 없이 많기만 한 신문지 광고지들을 일주일이 멀다 하고 쓰레기 수거함에 갖다 버릴라치면 영락없이 뻿뻿한 지푸라기로 밑을 씻던 어린 시절이 떠오르는 것이다.

보드랍고 촉감 좋은 화장지도 부족해서 비데라는 기계를 놓고 물로 씻고 바람에 말리는 이런 세상에 살면서.

4장

손자들이 오면
반갑고
가면 더 반갑다
하더라만

세 아들과 양복

욕심이 많다느니, 참 재주도 없다느니, 이것은 내 주위 사람들이 내가 딸 하나를 두지 못하고 아들 하나, 남자 하나, 사내 하나, 이렇게 삼형제를 둔 것을 두고 이르는 말이다. 그러면서 집안이 얼마나 삭막하겠느냐는 거다.

하긴 그렇다. 다 큰 사내들만 넷이 우글거리는 데다 아내마저 조신하고 곰살갑지 못하고 선머슴 같다 보니 우당퉁탕 늘 집안이 난리 속이다. 차분하고 아기자기한 면은 눈을 씻고 봐도 찾기 힘들다. 그저 우당퉁탕 언제나 어수선할 뿐이다.

그런데 내 친구 y형은 딸 하나, 계집애 하나, 여자아이 하나, 이렇게 딸만 셋이다. 한데 친구들이 그에겐 기술이 없다는 말을 하지 않는다. 가끔 술이 취하면 y형이 하는 푸념이, "좀 늦게 집에를 들어가

198

면 도끼로 팍팍 찍어 놓은 것들만 넷이 우글거리니 참 기가 막힌다.”
는 거다.

숨을 한 번만 크게 쉬어도 깜짝깜짝 놀라고, 어쩌다 소리라도 한번
지를라치면 경기까지 한다는 것이다. 언제나 굴속처럼 조용하고 모
든 게 일사불란. 한 치의 흐트러짐도 없으니 도대체 숨이 막혀 죽을
지경이라는 것이다.

한데, 나는 행여 술김에라도 우리 집안이 어수선하다는 발설을 한
번도 한 적이 없다. 고추면 어떻고 조가비면 또 어떠랴. 딸 가진 부
모는 비행기 타고 외국 관광을 하지만 아들 가진 부모는 버스 타고
국내 관광도 못 한다고들 하더라만, 그런들 어떠랴. 우람한 체격의
세 놈이 내 뒤에 떡 버티고 서면 나는 마냥 흐뭇하고 든든하기만 한
것을.

신입사원 큰아들은 말이 없고 진중하다. 돈도 쓸 줄 모른다. 학교
다닐 때부터 용돈을 주면 그게 며칠이고 주머니에 그대로 있다. 감정
표현이 분명하지 않아서 좋은 건지 싫은 건지 어떤 때는 좀 답답하기
도 하지만, 촐싹거리고 까부는 것보다는 그래도 낫다.

다른 애들은 일주일을 못하고 물러서는 슈퍼마켓 배달사원. 오토
바이로 물건을 배달하는 그 어려운 아르바이트를 방학 때마다 끈질
기게 해내는 것을 보면 집념과 끈기는 높이 사 줄 만하다. 고등학교
때 운동을 한 덕인지는 몰라도.

둘째는 우리 집 명물이다. 덜렁거리고, 수선스럽고, 항상 무엇이 그리 바쁜지 동분서주다. 오죽하면 마누라가 무식하게 "미치다 놓친 놈"이라고 했을까?

고등학교 졸업식 때, 대학도 떨어지고 저 혼자 다녀오게 할까 하다가 그래도 차마 그럴 수는 없어서 아내 혼자만 참석하기로 했다. 강당에서 졸업식이 끝나고 각 교실로 입장해서 담임선생님으로부터 졸업장을 받게 되었던 모양이다. 학부모들이 교실 뒤에서 또는 복도에서 죽 지켜보는 가운데 1번부터 번호순으로 졸업장, 상장 등을 받고 악수도 하는 방식으로 진행되었다고 한다. 대학 입학시험에 합격한 놈들은 기분이 한껏 부풀어 생기가 돌고, 떨어진 놈들은 의기소침하여 풀이 죽어 있고……. 어쨌든 어수선하면서도 그런대로 엄숙한 분위기 속에서 졸업장 전달이 진행되었단다.

한데, 둘째 놈은 출석 번호가 이름 가나다순으로 되어 있기 때문에 맨 끝번. 마침내 마지막으로 놈이 호명되자 갑자기 교실이 떠나갈 듯 박수가 터지고, 괴성이 나오고, 책상을 치고, 생판 난리더라는 것이다. 모두들 영문을 몰라 어리둥절할 수밖에. 아내도 깜짝 놀랐다는 것이다. 그리고는 '마지막이라 그러겠지. 어떻게 보면 섭섭하기도 하겠지만 그 지긋지긋한 고등학교 생활도 이제 정말 끝이로구나, 해서 그렇겠지.' 했는데, 아무래도 그게 아닌 것 같더란 얘기다.

그런데 놈은 유유히 걸어나가 졸업장을 받아들더니 두 팔을 번쩍 들어 미소를 짓고는 자기 자리로 가더라는 것이다. 궁금해서 좀이 쑤시던 아내는 놈이 나오자마자 그 이유부터 물어봤다고 한다. 아니, 다른 학생은 상장을 받을 때도 조용하더니 왜 네가 졸업장을 받을 때

똑똑한 손자와 팔불출 할아버지

는 그 소란이었냐고. 그런데 놈은 씩 웃으며 자기도 그 이유를 모르겠다고 하더라는 것이다. 그러더니, 한참 후에 다 자기와 헤어지는 것이 섭섭해서 그랬을 거라는 거였다. 그래서 아내가 "섭섭하면 박수를 치고 그 야단이겠느냐? 너 같은 놈 안 보게 되니까 시원해서 그랬겠지." 했더니, 놈은 또 씩 웃고 말더라는 거다. 어쨌든 아내는 그때의 그 의문을 지금껏 시원히 풀지 못하고 있다.

셋째. 이놈은 별명이 '땡비'다. 삼형제 중 제일 잘 생겼다. 톡톡 쏘고 성질도 잘 부린다. 세 아들 가운데 제 방에 여자 배우 사진을 붙이는 놈은 이놈밖에 없다. 성질을 부릴 때는 부려도 또 싹싹할 때는 더없이 싹싹하다. 내 어깨를 곧잘 주무르고 친구들이 오면 시키지 않아도 커피를 타 올 줄 안다(물론 제 어미가 없을 때). 이놈도 벌써 군에 간 지 1년이 넘었다.

지난 4월의 일이다.

하루는 퇴근해서 보니 양복 한 벌, 양장 한 벌이 거실에 나란히 걸려 있는 게 아닌가. 이게 뭐냐니까 아내는 어디 맞나 입어나 보라는 것이다. 어리둥절해서 멀뚱멀뚱 서 있는 나를 보고 그래도 당신보다 낫다며, 애들이 아버지 어머니 결혼기념 선물로 사 온 거란다.

나는 기가 막혔다. 큰애 월급이라야 제 용돈밖에 안 되고 둘째와 막내는 학생으로 돈을 타다 쓰는 주제들이 아닌가! 그런 놈들이 거금 100만 원에 육박하는 선물이라니. 아니, 저희들이 무슨 돈이 있어 이 비싼 선물이냐고 나는 성질을 내며 소리를 버럭 질렀다.

아내의 말인즉슨, 세 놈이 며칠을 두고 꿍꿍이 모의를 하는 듯하더니 오늘 둘째가 옷을 들고 들어와서 이것은 우리 세 아들의 정성이니 아무 말씀 마시고 입으시라며 말도 못 붙이게 하더라는 것이다. 이야기하는 꼴이 아내는 싫지 않은 표정이다. 철딱서니 없는 것들.

저녁에 세 놈이 다 돌아오자, 나는 놈들을 불러 앉혔다. 그리고 아주 근엄하게 무슨 돈이 있어서 그 비싼 옷을 산거냐고 따져 물었다. 했더니 위로 두 놈은 침묵을 지키고 의외로 막내가 떠듬거리며 자초지종을 이야기하는데, 그 이야기인즉슨 "결혼기념일을 아버지께서는 너무 무심히 지내시는 것 같다. 겉으로 내색은 않으시지만 어머니께서는 굉장히 섭섭해 하시는 것 같았다. 우리들도 이제 다 컸는데 너무 무관심했다. 그래서 '이럴 것이 아니라 우리라도 금년부터는 조그마한 성의라도 표시하도록 하자.' 하는 의견 일치를 보았고, 우선은 큰형 카드를 이용하되 둘째형과 내가 돈을 벌면 이자까지 다 계산해서 어쨌든 셋이 똑같이 내는 것이 되도록 했으니, 아버지 어머니께서는 아무 걱정 말라."는 것이다.

놈들의 엉뚱한 생각에 어이가 없으면서도 내 딴에는 일장 충고를 늘어놓았다.

"너희들 마음 씀씀이는 높이 사겠다. 하지만 아직 그런 것까지 생각하지 않아도 좋다. 그러니 너희들 할 일이나 열심히 해라."

그날 밤 잠자리에서 아내는 코맹맹이 소리로

"여보, 부모 속 썩히는 자식들이 얼마나 많수? 저것들을 철부지로

똑똑한 손자와 팔불출 할아버지

만 알았더니 이제 다 키웠구랴."

하면서 마냥 흐뭇하고 행복해하는 표정이다.

"다 키우긴? 엉뚱한 생각이나 하는 놈들을……."

나는 꽥 소리를 지르곤 옆으로 돌아누웠다.

후에 보니 옷값 월부금은 아내의 손에서 나가는 듯했다. 나는 짐짓 모르는 체했다.

첫 손자 진혁이

전에는 환갑이면 장수하는 것으로 여겼다. 그래서 으레 큰 잔치를 베풀고 자손들이며, 친척, 친지들이 모여서 장수를 축하했다.

'환갑노인'이라고 했다. 그런데 지금은 환갑노인이란 말이 가당치도 않은 것 같다. 60 먹은 사람을 노인대접 해 주지도 않는다. 어디가서 노인 행세를 하다가는 뺨맞기 딱 알맞다.

물론 회갑잔치를 하는 사람도 별로 없는 것 같다. 어쩌다 회갑잔치라고 해서 가 보면 당사자들은 하나같이 쑥스러워 하면서, 극구 반대를 했는데 자식들이 하도 우겨서 어쩔 수 없이 이렇게 되었다며 무슨 죄나 지은 듯 미안해하는 것이다.

두보(杜甫)가 지금 살았다면 아마 '인생 칠십 고래희(人生七十古來稀)'라고는 하지 않았을 것이다. '인생 구십 고래희', 아니면 '인생 백 고래희'라고 했을까?

똑똑한 손자와 팔불출 할아버지

어물어물하다 보니 나도 어느덧 환갑이 불원하다. 세 살짜리 손자까지 둔 할아버지다. '할아버지.' 나는 이 말을 그렇게 좋아하지 않았다. '할아버지=노인'이라는 인식이 잠재해 있었기 때문인 것 같았다. 할아버지란 말이 나와는 상관없는 것 같았는데, 손자가 태어나 말을 배우기 시작하면서 '하찌, 하찌' 하는 소리를 들으니 그렇게 대견하고 또 듣기 좋을 수가 없다. 마음은 아직도 애들 같은데 손자에게서 '하찌' 소리를 들으니 갑자기 내가 어른스러워진 것 같다는 생각도 든다.

"진혁아, 하찌하고 놀이터 갈까? 그래, 아, 착하다. 하찌가 업고 갈까?"

언제부터 내 입에서 '하찌(할아버지)' 소리가 이렇게 거침없이 자연스럽게 흘러나오게 되었나? 하긴 손자가 세 살이나 된 엄연한 할아버지니까.

큰아들이 결혼할 무렵이다. 가만히 보니, 결혼해서 살림을 났으면 하는 눈치다.

"한 일 년만 살다 뭣하면 들어올게요."

장남으로서 세간을 나겠다는 것이 영 떳떳치 못한 듯 큰애는 떠듬거리며 눈치를 본다. 아내나 나는 꼭 같이 살겠다는 생각도 없었다. 저희들 좋을 대로 하기로 이미 작정하고 있던 터다. 해서,

"그래 너희들 좋을 대로 하자. 아무 부담도 갖지 말아라."

라고 대답해 주었다. 따로 사는 것이 서로에게 편하리라. 밑으로 아들 둘이 또 있으니, 누구건 같이 살자면 같이 살고 따로 살겠다면

따로 살리라. 이것이 우리 내외의 진심이었다.

　결혼해서 역삼동에 신접살림을 차린 큰애는 바로 산본으로 이사, 거기서 첫아들을 낳았다. 나는 옥편을 펴 놓고 며칠을 두고 끙끙거렸다.

　'손자 이름은 꼭 내가 지어야지.'

　그러나 막상 이름을 지으려니, 그게 그렇게 쉽지만은 않더란 이야기다. 시골 우리 고향은 남양 홍 씨 집성촌. 50여 호의 문중이 모여 살다 보니, 같은 이름 피하기가 쉽지 않다. 돌림자는 '진(鎭)'. 웬만한 글자는 이미 다 쓰였으니 어떤 글자로 할까? 제헌절에 낳았으니 진헌으로 할까?

　아니다. 머리를 짜고, 궁리하고, 획수를 맞추고 해서 가까스로 찾아낸 것이 '혁(赫)'. 결국 '진혁'으로 결정했다. 애비 어미도 마음에 들어 한다.

　한데, 이놈이 아주 어릴 때는 그렇더니 좀 크면서 '하찌 하찌' 하고 졸졸 따라다니니 잠시만 보지 않아도 보고 싶고 눈에 밟힌다. 일요일마다 데리고 오건만 그걸 못 참아서 안달이다. 아내는 아예 한술 더 뜬다. 아주 노골적이다. 이쪽에서 미리 전화를 해서 은근히 오도록 압력을 넣는다. 혹 바쁜 일로 이번 주는 못 가겠다는 전화라도 올라치면 괜히 심술을 부린다.

　하긴 그렇다. 집안에는 어린애가 있어야 사람이 사는 것 같지, 이건 늘 두 식구가 개 닭 쳐다보듯 멍하니 바라만 보고 있으니 절간이

　똑똑한 손자와 팔불출 할아버지

따로 없다. 밑으로 형제는 외국에 나가 있으니 집에는 항상 아내와 나 둘뿐이다. 나마저 출근을 하고 하루 종일 혼자 있을 때, 갑자기 전화라도 올라치면 입이 떨어지지 않더라고 아내는 푸념이다.

일요일만 되면 아내는 생기가 돈다. 반찬도 준비하고, 손자 줄 과자도 사다 챙기고, 자꾸자꾸 집 앞에 나가 정류장 쪽을 바라본다.
"아니, 이것들이 왜 이리 늦누."
그사이를 못 참고 전화를 할 때도 있다.
"아니, 그럴 걸 왜 세간을 내보냈누? 한집에서 같이 데리고 살지."
이렇게 핀잔을 줘도 오늘만은 좋알대지 않고 대범하다. 그리고 또 밖을 내다본다.

첫 손자 진혁이! 이제 세 살, 말도 제대로 못 하는 놈. 한데 이놈이 차를 분별하는 능력은 참 비상하다. 나는 가까이에서 앞뒤를 살펴보고, 글씨를 보고 한 후에야 그게 무슨 차인지 알겠더라만 이놈은 어찌 된 판인지 한번 척 보면 이름을 댄다. 국산차뿐 아니라 외제 차까지 말이다.
"저게 무슨 차지?" 하면 금방 "쏘나타 투." "저건?" "아반떼." "이건?" "볼보." 묻기가 무섭게 척척 대답한다. 자세히 보고 답하는 것 같지도 않다. 그저 일별. 그리고 하는 대답은 백 퍼센트 정확하다. 차종이 좀 많은가. 그리고 하루가 멀다 하고 새로운 차가 나오는 판인데……
위에서 봐도, 옆에서 봐도, 앞에서 봐도, 뒤에서 봐도, 언제나 거

침없고 정확하다. 차를 타고 가면서

"저게 무슨 차지?" 하면 금방 "스포티지". "그럼 이건?" "콩고드".

아내는 혀를 내두른다. 이놈 머리가 비상하다는 것이다. 물론 한두 번 가르쳐 주기는 했겠지만, 그렇다고 비슷한 모양의 차를 글자를 아는 것도 아닌 이놈이 어떻게 그리 정확하게 분별할 수 있을까? 정말 알다가도 모를 일이다.

이번 주는 애비가 출장이란다. 해서 못 오겠다는 전화가 온 모양. 무슨 놈의 출장은 그리 잦으냐고 아내는 또 타박이다. 백화점에서 난 생처음 꽤 비싼 장난감 자동차를 사다 놓고 몇 번이나 꺼내 보곤 한다. 다시 정성껏 포장을 하며 속으로 중얼거린다.

"애비 없으면 못 오나? 저희끼리라도 오지."

똑똑한 손자와 팔불출 할아버지

노부모님

　하기 싫은 일은 힘들어서 못 한다. 나이 들어서 하는 농사일은 더 말할 필요도 없다. 아무리 농업이 기계화되었다고는 하지만 그 기계를 움직이는 것이 사람이고, 또 기계란 젊은 사람들이나 운용이 가능하지, 나이 많은 노인들에게는 아무짝에도 소용이 없는 쇳덩이일 뿐이 아닌가.

　어느덧 팔순을 훌쩍 뛰어넘으신 부모님. 아들딸 육남매나 두셨건만 오직 두 분만이 외로이 고향을 지키고 계시다. 말로는 놀면 뭐 하냐며 심심풀이로 '쪼끔' 아주 '쪼끔' 농사를 지으신다고 하시지만, 누가 보아도 그건 절대로 '쪼끔'이 아니다. 전에(젊으셨을 때) 짓던 농사에 비긴다면 그건 정말 장난만도 못한 보잘것없는 일이라고 할지 모르지만.

이제 빈 몸 추스르기에도 기력이 부치실 연세에 그만한 농사를 하신다는 건 정말 놀라운 일이 아닐 수 없다. 논만도 섬지기가 훨씬 넘는데다 밭이 2,000평이 넘으니 말이다. 논농사보다 힘이 들고 일이 많은 게 밭농사라는데…….

지겹지도 않으신지 그놈의 농사. 뭐 그리 아쉽다고 훌쩍 떨쳐 버리지를 못하시고 그 고생을 하신담. 이제 그렇게 일을 하시지 않아도 되련만.

하긴 싫으면 못하실 게다. 좋으니까, 좋아서 하시는 일이니까 힘이 들어도 힘든 줄 모르신다. 꼭두새벽부터 땅거미가 질 때까지, 허리 한번 제대로 펴 보지도 못하시고 고추며, 참깨며, 마늘이며, 콩이며, 온갖 곡식을 지성으로 가꾸시는 부모님!

객지에 나가 있는 자식들이 집이라고 찾아오면 하다못해 참기름이라도 한 병, 김칫거리라도 한 단, 마늘이라도 한 접 싸 보내야 본이 서지, 그냥 가게 하면 얼마나 맹맹하냐는 거다. 해서 어머니는 우리가 고향 집엘 갈라치면 이것도 조금 가져가라, 저것도 조금 싸 가라, 애비는 콩밥을 좋아하니 서리태도 조금 가져가라, 들깨가 몸에 좋다는데 들깨도 좀 가져가라……. 이렇게 가져가라, 싸 가라 타령이시다. 그러면서 자식들 싸 주는 재미에 그나마 농사를 지으신다고도 하셨다.

그러니 시골을 다녀올 때면 언제고 올망졸망 보따리가 수도 없다. 차 트렁크가 꽉꽉 차고도 모자랄 지경이다.

어떤 부모들은 자식들이 용돈을 안 준다고 또는 조금 준다고 툴툴

똑똑한 손자와 팔불출 할아버지

거리고, 불평하는 소리가 대문 밖까지 새어 나온다더라만 우리 부모님은 참 별나시다. 용돈은커녕 자식들 뒤치다꺼리 하시기에 허리가 휘면서도 한 번도 언짢은 내색을 하시는 것을 보지 못했다.

명색이 장남이라는 나는 여태껏 부모님께 용돈 한 번을 듬뿍 드려 보지 못했다. 어쩌다 몇 푼 안 되는 돈을 용돈이랍시고 드릴라치면, 너희도 애들 여럿하고 어려울 터인데 용돈은 무슨 용돈이냐며 한사코 사양하시며 어찌할 바를 몰라 하셔서 당황스러운 적도 있었다.

용돈이라도 좀 주지 않나 하는 눈치를 보인다든지, 아무것도 얻어 오는 것이 없다면, 아마 모르긴 해도 지금보다 고향을 찾는 횟수가 훨씬 뜸했을 거라는 게 솔직한 나의 고백이다.

한번은 고추밭에서 첫물도 따지 않은 풋고추를 그것도 실한 놈으로만 골라서 따는 아내에게 노인들이 피땀 흘려 애써 가꾼 것을, 그것도 당사자들은 손 한번 대지 않은 것을 그렇게 따는 기분이 어떠냐니까 아내도 마음이 좀 그렇다며 진작부터 찜찜하고 송구스런 마음이 들었다는 것이다.

그러면서도 풋고추를 한 보따리 따 가지고 와서 이웃들에게도 나누어 주는 선심까지 쓰는 것이었다.

무엇이고 좋은 것은 다 자식들 몫이다. 참외도 싱싱하고 실한 놈은 아들들, 손자들 몫으로 제쳐 놓고, 두 분은 못생긴 놈으로만 골라서 잡수신다. 채소도 그렇고 과일도 그렇다.

울 안 감나무에서 따는 감만 해도 그렇다. 알이 굵고 잘 익은 놈은 골라 단지에 넣어 간수를 하신다. 그러다 언젠가는 하나도 먹지 못하고 다 버린 적도 있었다.

이제 들에 가시는 것도 힘이 부쳐 몇 차례씩 쉬어 가야 한다고 하시면서도 그놈의 농사일을 손에서 놓지를 못하시니…….

험하고 힘든 일에 허리가 착 굽어서 걷는다고 하기보다는 흡사 기어가시는 것만 같은 어머니. 나는 그런 어머니의 모습을 대하고는 가슴이 한없이 짠하면서도 이제 일 좀 그만 하시라는 말 한마디를 변변히 하지 못했다.

어제 저녁에도 어머니는 시외전화를 하셨다.

"애비야, 바쁘지? 이번 공일에 좀 올 수 없겠니? 그놈의 참외 한 두 럭을 놓았더니 잘되지는 않았지만 그래도 몇 개가 익었던데, 장마가 온다니 장마가 지면 덩굴이 다 녹아서 헛거여. 어지간하면 애들 데리고 내려와."

잘 익은 참외를 선뜻 따지 못하시고 이리저리 조심스레 옮겨 놓으며 자식들이 하나라도 내려오기를 고대하시는 어머니. 그러다 너무 농익어서 썩어 가는 참외를 보다 못하셔서 전화를 하셨겠지.

이번 일요일은 열 일 제치고 고향을 다녀와야 할 것만 같다.

똑똑한 손자와 팔불출 할아버지

손자 보기

여고 동창회에서 들었다며 아내는 손자 손녀 봐주지 않는 비법을 열거했다.

- 밥 씹어서 먹이기.
- 김치 손으로 찢어서 입으로 빨아 먹이기.
- 걸레로 입 닦아 주기.
- 바퀴벌레 손으로 잡기.
- 진한 사투리로 대화하기.
- 토속적인 발음으로 영어 가르치기.
- 조기교육 시킨다고 고스톱 가르치기.

이외에도 몇 가지가 더 있다며 "우리도 이 방법을 진작 써 볼 걸 그랬지?" 하며 웃는다. 우리는 이미 손자를 돌보고 있는 터. 아내는 그러면서 어디 가서 손자를 보아준다는 이야기를 하면 하나같이 "애초에 딱 잘랐어야지, 어쩌다 그렇게 되었느냐?"며 동정어린 표정으로 참 한심하다는 투로 이야기하는 것을 들을라치면 조금은 불쾌하면서 어쨌든 기분이 묘하더라고 했다.

우리는 아들만 셋이다. 지금은 딸을 더 선호하는 사람들이 많은 듯도 하더라만 옛날에는 어림없는 얘기. 해서 딸만 셋이던 내 친구 하나는 우리를 얼마나 부러워했는지 모른다.

그는 술이 얼근할라치면 항용 하는 소리가 "집구석이라고 들어가면, 이건 하나같이 도끼로 팍팍 찍어 놓은 것들만 넷이니, 내 원 기가 막혀서." 이렇게 아들 하나 쑥 낳아 주지 못한 마누라를 원망하고 딸들을 못마땅해 하던 그가 지금은 그 딸들 덕에 말년을 누구보다도 풍요롭고 행복하게 지내고 있으니……

아들만 셋인 우리는 딸이 하나쯤 있었으면 하는 아쉬움이 없는 것은 아니지만 그렇다고 그렇게 절실한 건 아니다. 그중에는 딸 같은 아들도 있으니 말이다.

첫째는 말이 없고 듬직하다. 심지가 굳고 제 할 일은 제가 알아서 한다. 지금까지 별 탈 없이 잘 산다. 아들이 벌써 대학생이다. 셋째는 딸 같은 아들이다. 곰살갑고 다감하다. 어릴 때부터 엄마나 아빠 친구들이 오면 슬며시 나가서 커피를 탈 줄 아는 그런 아들이다. 지금은 호주 시민권자로 벌써 삼남매를 둔 중년이 됐다.

둘째. 순서를 바꿔 둘째를 마지막에 이야기하는 것은 실은 이놈 이야기를 하려 함 때문이다. 좋게 말해서 활달하고 적극적이며 사교적이라 하지만 내가 보기에는 덜렁대고, 산만하고, 즉흥적이며 매사에 거칠 것이 없는 낙천주의자 같다. 해서 세 아들 중 이놈이 제일 먼저 결혼을 한다고 껍죽거릴 줄 알았다. 한데 막내가 역혼을 해서 애를 셋씩이나 낳도록 이놈은 결혼을 안 하는 것이었다. 아니, 못하는 것이었다.

은근히 걱정은 되면서도 '그래도 하겠지.' 하며 어찌어찌 하다 보니 40을 훌쩍 넘기게 되었다. 호주에서 대학 다닐 때만 해도 UTS 한국 유학생회 회장에다 전 호주 유학생회 부 회장이라나 주위에는 항상 남녀 대학생들이 우글거렸다. 내가 잠시 호주에 가 있을 때 보면, '오빠' 찾는 전화가 밤낮으로 끊이질 않아서 은근히 걱정까지 되었었는데……. 나중에는 하 답답해서 "이놈아, 그 많던 여학생들 중에서 아무나 하나 데려오라."고 채근도 해 봤다.

40전에는 그래도 여기저기서 중매라고 가끔 들어와 선을 보기도 하곤 했는데, 40이 넘으니까 그것도 딱 끊어졌다 총각귀신 되려나 보다 몸이 달고 걱정이 이만저만이 아니었다. 그래도 놈은 뭐 그렇게 심각하게 생각하지 않는 듯해서 더 화가 났다. 특히 시골에 계신 구순을 넘기신 아버님 역정은 감내하기 어려울 정도였다.

"아니, 이게 어떻게 돌아가는 판이냐. 응? 집안 망신도 유분수지, 내 누구한테 창피해서 말도 못하겠다. 응, 그래 장가를 들기는 든다더냐? 아니, 그놈이 멀쩡하기는 한 거냐? 병원에라도 한번 데리고 가 봐야 하는 거 아녀?"

아버님은 둘째 손자가 성적인 어떤 결함이라도 있는 게 아닌가 의심까지 하시는 듯했다. 정도가 점점 심해지시는 아버님의 역정. 그것을 참아 내기가 나도 점점 어려워졌다.

"그놈이 도대체 올해 몇 살이냐?"

"네. 서른아홉이요."

나는 사실대로 그놈의 나이를 말씀드릴 수 없었다. 해서 몇 년째 놈의 나이는 서른아홉에 머물러 있었다.

한데, 이놈이 재작년에 결혼을 해서 떡두꺼비 같은 아들까지 떡 낳은 게 아닌가? 경사 났네, 경사 났네. 이렇게 좋을 수가. 이렇게 자랑스러울 수가. 아들은 더없이 미덥고 며느리는 예쁘고 손자는 귀엽기만 하다. 그렇게 속을 태우고 꼴도 보기 싫던 아들놈이 결혼을 하고 아들까지 낳았다니.

아! 나는 동네방네 소리치며 자랑이라도 하고 싶었다. 덩실덩실 춤이라도 추고 싶었다. 이제 우리 앞에는 아무 근심 걱정도 없는 듯했다.

귀향해서 시골 사는 우리 내외는 사흘이 멀다 하고 분당 둘째네 집을 오가며 손자를 보살핀다. 아들이나 며느리 누구도 애기를 봐 달라는 얘기는 없었다. 우리가 애기를 보겠다는 말도 하지 않았다. 대학 강사인 며느리가 강의가 있는 날은 으레 우리가 가서 아기를 보는 것으로 되어 있다.

갓난아기 때부터 손자놈은 어찌나 순하고 무던한지, 정말 하나도 힘든 줄 몰랐다. 힘들기는커녕 하는 짓이 새록새록 귀엽기만 하다. 돌이 지난 놈을 한번은 시골에 데리고 와서 보낸 적도 있다. 정 보채면 바로 데려갈 작정을 하고. 한데 이놈이 어쩌면 그렇게 제 어미를 하나도 찾지 않고 자다가 깨서도 하무이만을 찾으며 잘도 지내는지 일주일이나 묵어 간 적도 있었다.

이제 두 돌을 지낸 손자 놈. 점점 더 극성을 떨고 말썽을 부리지만 이틀만 지나도 눈에 아른아른 보고 싶다. 현관문을 열고 들어서며

"진후야~~"

하고 부를라치면 쏜살같이 달려 나오며

"하무이 하무이 하부지 하부지"

하며 팔짝팔짝 뛴다. 어미가 배꼽 인사해야지 하면 두 손을 배꼽 위에 모으고 머리가 땅에 닿도록 구부리며

"안녀 안녀" 한다. 어미가 출근할 때면 울다가도 내가 번쩍 안으며 "엄마 안녕해야지" 하면 울면서도 손을 까딱까딱하며 "엄마 안녀 안녀" 한다. 그러고는 그만이다.

화요일부터 목요일까지 이놈과 같이 지낸다. 이놈이 아니었다면? 아무리 소일거리가 있다지만 허구한 날 어떻게 시간을 보낼까? 답답하고 단조로움을 무엇으로 달랠 수 있었을까? 매주 한 차례씩 드라이브 삼아 휘둘러 내려오면 심신이 상쾌해지고 새로운 의욕도 솟아나는 것 같다. 내일은 손자를 보러 가는 날. 다녀온 것이 엊그제인데 꽤 오래된 것 같다. 아내는 올망졸망 보따리를 준비하며 벌써부터 조바심이다.

"진후야! 무진년 새해. 우리 모두 파이팅을 외쳐보자. 와~~"

똑똑한 손자와
팔불출 할아버지

'고슴도치도 제 새끼는 함함하다고 한다.'는 속담이 있다. 아무리 부족하고 못났어도 내 자식이 이 세상에서 제일 예쁘고 잘났다고 생각하는 게 아마 인지상정인가 보다. 해서 팔불출 소리를 들으면서도 자식 자랑에 열을 올리는 사람들이 우리 주위에는 참 많다. 나부터도 그런 부류에 속하지 않나 생각된다.

나는 내가 생각하기에도 손자 자랑을 많이 하는 것 같다. 둘째 아들에게서 태어난 손자. 이제 겨우 세 살밖에 안 된 어린놈. 지금에야 솔직히 털어놓지만, 갓 난 것을 처음 봤을 때 나는 정말 실망했었다. 눈은 있는 건지 없는 건지 쭉 찢어진 데다 코는 납작하고 정말 내가 기대했던 손자의 모습은 영 아니었다. 아니, 애비 어미는 어디 내놓아도 빠지지 않을 훤칠한 인물들. 나는 거기에 걸맞은 손자가 꼭 태어나리라 기대했었는데……. 애비 어미, 즉 아들 며느리가 훤칠하다고 생각하는 것은 나만의 팔불출적인 생각인지는 모르지만.

손자가 성에 차지 않는다는 내 속셈을 감히 누구에게 발설할 수는 없고, 얼마 후에 아내에게만 조심스럽게 이야기했다. 아내도 전적으로 동감한단다. 그러면서 어릴 때 예쁜 애는 크면서 미워지고 밉던 애는 크면서 예뻐지더라며, 나를 위로하려 함인지 아니면 자신의 생각을 확신하려 함인지 그렇게 말하는 것이었다.

한데, 고놈이 자라면서 아내가 한 말처럼 정말 점점 예뻐지는 게 아닌가! 단추 구멍 같던 눈도 제법 동그래지고 머루 알처럼 새까만 눈동자는 초롱초롱하고, 코도 오똑하다고 할 정도는 아니지만 전에 비하면 선생님이 됐다. 윤곽이 뚜렷하고 살결이 뽀야니까 더 돋보이는 것 같다. 체구는 작지만 적당히 통통해서 내가 보기에는 정말 세상에서 제일 예쁜 것 같다.

게다가 하는 행동이 귀엽고 깜직해서 어떤 때는 정말 깨물어 주고 싶을 정도다. 또 말하는 것 좀 보지. 말도 제대로 못 하는 놈이 어디서 들었는지 어휘력, 표현력이 특출하다. 요새 한참 유행인 싸이의 말춤을 신나게 추면서 "아빠는 깡남 스타일, 엄마는 뿐당 스타일."을 외친다. "진후는 무슨 스타일?" 하면 "응, 응……." 하며 한참을 끙끙거리다가 "찐후는 오포 스타일." 한다. 오포는 지금 사는 곳이고, 분당은 오포로 이사 오기 전에 살던 곳이다.

귀여운 짓만 하는 것은 물론 아니다. 때로는 뺀질뺀질 말도 잘 안 듣는가 하면 말썽도 곧잘 피운다. 얼마 전에는 어미 화장품을 전부

쏟아서 엉망을 만들어 놓고 매니큐어를 벽에다 온통 도배를 해서 난생처음 매를 맞은 적도 있다.

위험하기도 하지만 아래층 사는 분들께 미안해서 제발 소파 위에서 뛰지 말라고 그렇게 애걸을 하는데도 이놈은 오불관언(吾不關焉)이다. 아니, 오히려 어겨서 더하는 것 같다. 애가 있기 전 위층이 시끄럽다고 쫓아 올라간 적이 있는 애비는 늦게야 뭘 좀 깨달았는지 후회 막급. 아래층에 사는 분들이 참 무던한 분들이라고 칭찬하느라 침이 마른다.

과일을 깎아 놓으면 찍어서 먼저 할아버지 할머니부터 주고 먹을 줄 아는 놈. 엊그제부터는 기저귀도 안 차고 지내는 놈. 조금만 수틀리면 "하무이 하부지 이천 가." 하며 박대를 하는 놈.

이놈이 요새는 스마트폰에 빠져서 걱정이다. 나도 못하는 스마트폰을 놈은 능수능란하게 다룬다. 그 앙증맞은 손가락으로 위로 쭉 올리고 옆으로 좍 밀고 어떤 때는 혼자 낄낄거리며 웃기도 하고. 너무 가까이 들여다보며 거기 빠지다 보니, 아무래도 시력에 좋지 않을 것 같아서 제지하려 하면 생판 난리를 피운다.

외식을 하러 식당에 가서 이놈이 하도 수선을 피우니까 스마트폰을 준다. 그러면 한쪽 구석에 없는 듯이 앉아서 그것에 몰두한다. 그럴 때는 좀 유용하다. 한데 시도 때도 없이 스마트폰을 내라고 트집이다.

"딱 함벅만!"

검지를 세우며 하는 이 소리가 요새 놈이 제일 많이 하는 소리다.

　　　　　　　　　　　톡톡한 손자와 팔불출 할아버지

그런데 가끔 이놈이 배가 아프다고 인상을 쓴다. 가만히 보니 스마트폰 내라고 조르다 영 줄 기미가 보이지 않으면 그러는 게 아닌가 의심이 간다. '설마 이놈이 벌써 그런 꾀를 부릴까?' 하면서도 배가 아프다고 그렇게 징징거리며 보채다가도 그것만 주면 언제 그랬냐는 듯 멀쩡해지니.

나는 진후와 외출하는 걸 참 좋아한다. 손을 잡고 아파트촌을 휘한 바퀴 돌기도 하고 어린이 놀이터도 자주 간다. 가끔 동네 마트에 신문을 사러 갈 때도 손을 잡고 같이 간다.

한번은 신문을 사러 마트엘 갔는데 내 손을 뿌리치고 가더니 우유 하나를 들고 온다. '쪼꼬우유'란다. 집에서 주는 우유는 잘 먹지 않으려 해서 억지로 먹이다시피 하는데 초코우유는 맛이 있는 모양이다. "하부지 신문, 하부지 신문!" 하며 신문 사러 가자고 내 손을 잡아끄는 것은 초코우유가 먹고 싶다는 의사표시다.

진후는 아무나 만나는 사람에게 인사를 잘한다. 물론 처음에는 어미가 시켰겠지만. 두 손을 모아 배꼽 위에 올리고 머리를 땅에 닿을 정도로 숙이며 "암명." 한다. 콩알만 한 게 깜찍하게 인사하는 걸 싫어할 사람은 아무도 없다. 아니, 얼마나 좋아하는지 모른다.

한번은 놈을 데리고 엘리베이터를 타는데 안에는 젊은 여자 혼자 타고 있었다. 안으로 들어서며 놈은 예의 그 배꼽인사를 또 했다. 20대 후반? 아니면 30대 초반쯤 보이는 멋쟁이 여자는 처음에는 상황 파악이 잘 안 된 듯 멀뚱히 쳐다만 보더니 이내 표정이 환해지며 손뺙을 친다. "어머어머! 아이 예뻐, 아이 예뻐. 몇 살? 아이 귀여워, 아이 귀여워. 이름이 뭐지?" 나는 그렇게 좋아하는 걸 처음 봤다. 마음 같아서는 꼭 껴안고 깨물어라도 주고 싶은 모양이다.

나는 다른 사람이 내 손자를 좋아하면 나도 그 사람이 좋다. 귀엽다고 예쁘다고 칭찬하면 그렇게 흐뭇할 수가 없다. 그러나 배꼽인사를 하는데도 별 반응 없이 냉랭하게 대한다면 참 밉다. 어유, 멋대가리 없기는. 활짝 웃으며 반기면 어디가 덧나나? 돈이 드나? 그게 뭐 힘든 일이라고. 그럴 리야 없겠지만, 어린것이 무안해 할 것 같은 걱정으로 나는 쓸데없는 조바심을 하는 것이다.

이 세상에서 제일 예쁜 우리 진후.

마땅히 모든 사람들이 귀여워 해 주어야 할 것 같은 우리 손자.

오늘도 팔불출 할아버지와 똑똑하고 영리한 손자 진후는 손을 잡고 신문을 사러 마트로 향한다.

똑똑한 손자와 팔불출 할아버지

진후는 내 주치의

우리 손자 진후는 참 영리하다. 내 손자라서가 아니라 이제 세 살
밖에 안 된 놈이 어휘력 표현력이 깜짝깜짝 놀랄 정도로 뛰어나다.
하는 행동도 깜찍하고 귀엽다. 아비, 어미, 할머니, 나, 이렇게 네
식구 중 놈이 제일 만만하게 여기는 게 나 같다. 해서 내게는 생떼도
잘 쓴다.

무슨 놈의 장난감은 그리 많은지, 방 하나가 온통 장난감으로 꽉
찼다. 그중에서도 놈이 가장 흥미를 가지고 좋아하는 게 변신하는 로
봇 장난감이다. 구조가 이만저만 복잡한 게 아니다. 고등학생 정도
가 조작하기에도 어려울 듯한 장난감을 큰아빠가 생일 선물로 사 줬
다는데, 그것 때문에 나만 애를 먹는다.

멀쩡한 자동차를 부수고는 무사로 변신시켜 달라고 떼를 쓴다. 할
아버지는 할 줄 모른다고 아무리 사정을 해도 그게 통할 리 없다. 몇

시간이 걸려도 기어이 해내야 된다.

"에이 수준에 맞는 장난감을 사다 주든지, 그 비싼 걸 왜 사다 줘서 애매한 사람만 고생을 시키누."

나는 그 장난감을 선물한 죄 없는 큰아들만 원망하며 쪼그리고 앉아서 이렇게도 해 보고, 저렇게도 해 보고, 정말 별짓을 다해 본다. 머리가 아프고 진땀이 난다. 천신만고 끝에 어찌어찌하다 완성. 지켜보고 있던 놈이 엄지손가락을 치켜세우며

"하부지 최고!"

한다. 하지만 나도 모른다. 자동차가 어떻게 해서 무사로 변신했는지.

"진후야, 이제 부수지 말고 그대로 잘 가지고 놀아. 할아버지는 정말 할 줄 몰라. 알았지?"

말을 말지. 한 시간도 안 돼서 무사는 흔적도 없이 사라지고 이번에는 자동차로 변신시켜 달라고 난리다.

어유, 짜증이 난다. "난 못해. 못한다고 했잖아. 다음에 해 줄게." 하면, 놈은 생글생글 웃으며 "하부지 미안, 하부지 죄송." 한다. 그러니 어쩌랴! 다시 또 그놈의 망가진 로봇 무사를 들고 이번에는 자동차로 변신시키기 위해 머리를 짜는 수밖에.

옆에서 놈은 내 손놀림을 주시하고 앉아 있다. 내 손동작이 거칠다는 걸 의식하는 듯. 무리하게 앞바퀴를 밀다 그만 바퀴가 쑥 빠져 버렸다.

"하부지! 내 그럴 줄 알았다니까."

언성을 높인다. 하기 싫은 것을 억지로 마지못해 하는 내 속셈을

똑똑한 손자와 팔불출 할아버지

꿰뚫는 것만 같다. 그러니 어쩌랴. 어떻게든 또 자동차로 변신을 시켜야 내 임무는 끝나니.

어떤 때는 제 요구를 순순히 들어주지 않으면 "하부지 미……" 하며 내 눈치를 살핀다. 내가 얼른 "미워. 하려고 했지?" 하면 배시시 웃으며 "아냐. 하부지 미안." 한다. 수시로 나를 귀찮게 굴고 떼도 쓰고 하지만 잠시만 놈과 떨어져 있으면 내가 좀이 쑤셔서 먼저 놈을 찾게 된다.

"진후야! 뭐 하니?"

우리 내외는 심심할 때면 컴퓨터로 고스톱을 자주 친다. 한데 할머니가 치면 게임이고, 내가 치면 공부다.

"할머니 어디 계시니?"

"응, 할머니 컴퓨터방에서 게임하셔."

그런데 내가 고스톱을 치고 있을 때 누가 나를 찾으면

"응, 할아버지 컴퓨터방에서 공부하셔."

한다. 나는 아무리 생각해도 놈의 속셈을 통 이해할 수가 없다. 할머니는 내가 하면 게임이 왜 할아버지가 하면 공부냐고 불만이지만, 나는 그것도 마음에 든다. 아마 제 딴에는 그럴 만한 무슨 충분한 이유가 있겠지만, 나는 도무지 감을 잡을 수가 없다. 어쨌거나 공부. 그래, 할아버지가 열심히 공부한다는 표현. 얼마나 품위 있고 고상한 일인가!

얼마 전부터 나는 궁둥이에 종기가 생기는 것 같았다. 신경이 쓰여서 자꾸 만지다 보니, 이놈이 성이 나서 주위가 벌겋게 부풀어 오르고, 멍울이 크게 서서 점점 아프고 앉기도 불편했다. 식구들마다 병을 키우지 말고 빨리 병원에 가 보라고 성화들인데, 나는 고집을 부리고 병원에는 갈 생각을 않았다.

대신 집에서 손자한테 치료를 받는다. 내가 아프다는 말을 하기 무섭게 놈은 장난감 왕진 가방부터 챙겨 와선 궁둥이를 까라는 것이다. 옷을 입은 채 진료를 받겠다고 해도 놈은 막무가내로 안 된단다. 바지를 내리라는 것이다. 그리고 환부를 제 눈으로 확인하고야 만다. 버티다 못해 궁둥이를 까 보이자, 벌겋게 부풀어 오른 내 궁둥이를 보고 놈이 한다는 소리가

"야, 대박이다."

한다. 아니, 대박이라니. 아마 제 딴에는 대단하다는 표현을 그렇게 하는 것 같다.

진료가 시작된다. 청진기를 여기저기 대 보고, 귀에는 체온계를 꽂았다 빼고, 자루가 달린 둥그런 반사경을 입을 벌리라 하고는 입에다 넣어 보기도 하고. 궁둥이 종기 치료를 하면서 입안은 왜 보는 건지. 급기야는 주사기를 들고 아픈 부위에 주사를 놓고는 다 됐다는 것이다.

손자 놈 듣는데 아프다 소리를 했다가는 영락없이 이런 치료를 받아야 한다. 해서 마음대로 아프다는 소리도 못하겠다. 아무래도 이놈이 말썽을 부리지. 은근히 걱정을 하면서 병원을 가 봐야 하나 어쩌나 고민 중이었는데 모르는 사이에 멍울이 시나브로 사그라지는 듯했다. 손자 진후가 하루에도 몇 차례씩 치료를 해 준 덕인가?

우리 내외는 일주일의 반은 시골 이천에서, 반은 오포 진후 네서 보낸다. 진후네 아파트는 6층이다. 창문을 열어 놓으면 어린이 놀이터에서 떠드는 소리가 다 들린다. 애들 소리만 나면 놀이터에 가자고 나를 못살게 군다.

그래서 놀이터에 데리고 가면 고삐 풀린 망아지 모양 날뛴다. 놀이 기구 이것저것을 타고 돌리고 정신없다. 혼자도 부산한데 또래라도 있으면 정말 정신을 못 차릴 정도다. 행여 다칠까 여간 신경이 쓰이는 게 아니다.

한번은 놀이터엘 갔는데, 저보다 머리 하나는 더 큰 애와 싸움이 붙었다. 미끄럼틀에서 어떻게 하다 싸움이 붙은 모양이다. 나는 저만큼 떨어져 앉아서 놈들 노는 모습을 바라보고 있었는데, 처음에는 서로 번차례로 밀더니 점점 그 강도가 세지는 것이다. 저보다 훨씬 큰애에게 진후는 조금도 물러서지 않고 밀어붙인다.

상대 놈은 되게 열을 받는 것 같다. 조그만 게 바락바락 대드니 영 자존심이 상하는 모양이다. 나를 자꾸 힐끔힐끔 쳐다보며, 마음 같아서는 확 넘어뜨리고 싶은 모양이다. 그러더니 급기야는 두 놈이 뒤엉겨서 나뒹군다. 물론 어린 진후가 밑에 깔렸다.

어디선가 상대방 애 엄마가 쫓아와서 두 놈을 뜯어말린다. 나는 어슬렁어슬렁 그쪽으로 갔다. 애 엄마는 자기 아들을 떼어 놓으며,

"동생하고 싸우면 안 되지. 네가 형이니까 참아야지. 안 그래? 그리고 너는 형한테 그렇게 덤비면 쓰나. 형이 힘이 더 세잖아."

애 엄마는 나를 보며 미소를 짓고는 진후 옷에 흙을 털어 주며

"너 몇 살이지?"

한다. 진후는 식식거리기만 할 뿐 아무 말이 없다. 그러더니 별안간

"나도 힘 쎄거든. 나도 형이거든."

하고 소리를 치더니 눈물을 뚝뚝 떨군다. 진후는 아수(아우) 본 지가 이제 막 한 달이 지난 시점이었다. 내가 그만 가자고 잡아끌어도 놈은 분을 삭이지 못하는 듯 눈물만 뚝뚝 흘리며 식식거린다. 안 되겠다.

"진후야, 할아버지 궁둥이 아파서 큰일 났네. 빨리 가서 치료해 줘야지."

마지못해 끌려오던 손자는 엘리베이터 앞에까지 오자 나를 빤히 올려다보며 "하부지, 많이 아퍼?" 한다. "그럼, 아파 죽겠어. 의사 선생님 빨리 가서 주사 놔 주세요." 하자, 진후는 "알았어, 하부지." 하며 엘리베이터 안으로 쏙 들어간다.

손자들이 오면 반갑고
가면 더 반갑다 하더라만

젊었을 때 아버지의 꿈은 군내에서 농사를 제일 많이 짓는 농사꾼이 되는 것이라고 했다. 해서 억척으로 전장을 장만, 한때는 시골 부자 소리를 듣기도 했다. 논 한 섬지기(20마지기)만 해도 부자 소리를 듣던 시절 100마지기가 넘었으니.

시골 부자는 다른 게 부자가 아니다. 그저 일 많은 게 부자다. 모든 것을 인력으로 해결하던 시절. 머슴이 둘씩 셋씩 되어도 그 많은 일을 감당하기란 그렇게 수월한 게 아니었다. 그래서 모든 식구들이 일에 파묻혀 잠시도 신역이 편할 날이 없었다.

그렇게 전성기가 지나고 부모님 기력이 차차 떨어지시자 그 많던 논밭 다 어우리로 남을 주고, 이제 두 분이 감당할 수 있을 만큼만 농사를 지으시며 고향을 지키고 계셨다. 하지만 연만하신 두 분이 경작하시는 농토가 누가 봐도 노인 양주가 건사하기에는 턱없이 많아서,

노후까지도 잠시도 일을 벗어나지 못하시고 일 속에 파묻혀 고단한 삶을 사셨다.

　육남매나 되는 자식들은 툭하면 이제 일 좀 그만하시고 편안하게 여생을 즐기시라고 건성으로 말하고, 두 노인은 또 건성으로 듣곤 하셨다.

　아버지는 참 별난 분이셨다. 자수성가한 분의 그 특이한 고집이라 할까? 남에 대한 배려가 없고 독선적인 면이 강하셨다. 특히 자식들에 대한 가부장적 권위는 상상을 초월했다.

　"큰애니? 이번 공일에 모 심는다."

　밤중이고 새벽이고 따질 게 없다. 아무 때나 생각나시면 전화를 하셨다. 그래서 처음에는 밤중에 아버지 전화를 받고 기겁을 한 적도 있었다. 물론 그 후에는 만성이 돼서 아무렇지도 않게 전화를 받을 수 있게 되었지만.

　긴말이 필요 없다. 용건만 한두 마디 하시면 그만이다. 이쪽에서 무슨 말을 붙일 새도 없이 벌써 전화기에서는 '뚜뚜' 소리가 난다.

　이번 일요일엔 모를 심으니 애들 다 데리고 내려오라는 엄명이다. 지금은 기계로 다 심어서 우리가 가 봐야 딱히 할 일도 없으련만, 아버지는 일하는 날 집안이 북적북적해야지 조용하면 안 된다는 것이다. 해서 모심는 날, 타작하는 날, 고추 심는 날, 배추 심는 날, 김장하는 날, 이렇게 일 년에 다섯 차례는 으레 객지에 나가 있는 자식들에게 호출 명령이 떨어진다.

　나는 맏이인 나에게만 전화를 하면 동생들에게는 내가 다 연락을

똑똑한 손자와 팔불출 할아버지

해서 다들 같이 내려오려니 생각하시는 줄 알았더니, 그게 아니다. 네 아들들에게 일일이 다 전화를 하시는 것이었다.

"둘째니? 모레 고추 심는다."

보아 하니 아들들이나 손자들을 호출해서 품삯을 줄인다든지, 일을 한몫 거들게 하려는 의도는 아니신 것 같았다. 일하는 날 안팎으로 북적북적하고 떠들썩한 것을 원하시는 것 같았다.

전에 아버지 어머니 두 분이 늦게까지 농사를 지으시며 시골에 사셨던 것처럼 고희를 넘긴 나 역시 아내와 텃밭을 가꾸며 시골 생활을 하고 있다. 부모님이 하시던 농사 규모에 감히 견줄 바 못 되지만 그래도 때로는 힘에 부쳐서 다른 사람의 손길이 아쉽지 않은 것은 아니다. 하지만 그렇다고 아버지처럼 나는 아들들을 호출하지는 않는다.

다른 집 애들은 철철이 때맞춰 찾아와서 일을 시원스럽게 해 주고 가더라만 우리 아들들은 애초부터 기대도 하지 않는다. 삼형제 중 막내는 호주에 이민 가 살고 있고 남은 두 형제가 서울 사는데, 이것들은 농사는 저희들과는 아무 상관 없는 일로 치부하고, 뭘 좀 해 보려 마음조차 먹지 않는다.

큰애는 뭬 그리 바쁜지 늘 바쁘게 나대고 대학생 큰 손자 놈은 시골에 재미를 붙이지 못했는지 영 오지를 않아서 얼굴을 잊을 정도다. 하긴 자식들이 와야 도움은커녕 바쁠 때 오면 거추장스럽기만 하다. 늦게 결혼을 해서 이제 큰 애가 네 살, 둘째가 돌잡이인 둘째 아들네 식구들이 오면 그것들 치다꺼리 하느라고 정신을 차릴 수가 없다.

못 먹는 버섯 첫 정월부터 난다고, 아무 도움도 되지 않는 이것들

은 무슨 일만 있으면 제일 먼저 쫓아와서 난리북새통을 이룬다. 지난
번 고추 따는 날은 와서 내가 애지중지하는 난 화분을 털썩 깨뜨리고
말았다.

추울 때 이것들이 시골만 왔다 가면 탈이 난다니, 그렇다고 오지
말랄 수도 없고 여간 신경이 쓰이는 게 아니다. 그래도 그것들이라도
와야 아기 울음소리도 들리고 떠들썩하니 사람 사는 집 같다.

명절 때가 되면 앞집, 뒷집 객지에 나가 사는 자식들이 며칠 전부
터 몰려와서 애들이 뛰어다니고 음식을 장만하고 시끌벅적 야단이
다. 한데 우리 집은 절간같이 조용하다. 차례 음식 장만한다고 바쁘
게 움직이던 아내가 나를 멀뚱멀뚱 바라본다. 나는 그저 눈만 껌벅껌
벅할 뿐이다.

"이것들은 미리 좀 오면 안 되나?"

하나도 도움이 안 되고 말썽이나 부리고 하는 것들이 남들같이 일
찍 오지 않는다고 투정이다.

무슨 일이 있을 때마다 자식들을 불러 모으시던 아버지의 심중이
지금에야 조금은 이해가 되는 듯하다. 그때는 그렇게 귀찮고 싫기만
하더니…….

누구는 손자들이 올 때면 반갑고 좋지만 갈 때면 더 좋더라고 하더
라만, 나는 손자들이 왔다 갈 때면 아무리 귀찮게 굴고 말썽을 부린
다 해도 정말 아쉽고 섭섭한 마음을 금할 수 없다. 아내도 그렇다.
어깨가 아프네 허리가 아프네 죽는 시늉을 하다가도 손자들이 온다

똑똑한 손자와 팔불출 할아버지

고 하면 금방 기운이 펄펄 나는 모양이다. 구석구석 청소도 하고 이것저것 음식도 장만하고…….

애들이 와 있는 동안 아프다 소리 한마디 없이 그렇게 환한 얼굴로 생기발랄하기만 하던 아내가 애들이 갈 때면 금방 기운이 팍 떨어진다. 자식이 뭔지, 손자가 뭔지…….

이번 주말에는 김장을 한단다.

이것저것 준비하는 아내의 손길이 가볍고 벌써부터 기분이 약간은 들뜬 것 같다. 호주에 이민 간 막내네 식구들도 오랜만에 때맞춰 온단다. 김장하는 날 빼놓을 수 없는 메뉴, 잘 삶은 돼지고기를 벌겋게 양념한 노란 배춧잎에 싸 먹는 그 맛. 한국 사람만이 아는 그 오묘한 맛.

막내는 그것을 그렇게 좋아했는데……. 외국 생활하느라 그 좋아하는 것을 잊고 살았으니, 이참에 실컷 먹여야지. 우리 집의 유일한 손녀 진주, 그리고 두 손자. 조금도 기죽지 않고 그 나라 애들을 제치고 두각을 나타낸다는 자랑스러운 우리 손녀 손자들. 이것들도 김장김치에 돼지고기 싸 먹는 것을 좋아할까? 너무 맵다고 하지는 않을까?

아내의 얼굴이 벌겋게 상기된다.

이번 주는 왜 이렇게 더디만 가누.

멍군아, 미안하다

2013년 설이 지난 며칠 후, 먹이를 주는 나를 바라보는 멍군의 눈빛이 평소와는 달리 예사롭지 않게 느껴졌다.

"주인어른, 바쁘시지 않으면 저와 이야기 좀 하실 수 있을까요?"

"응, 그래. 무슨 할 말이라도 있나? 할 말 있으면 뭐든 얘기해 봐."

"네, 고맙습니다. 설은 잘 쇠셨지요? 자제분들도 다 왔다 가시는 것 같던데 다들 무고하신 것 같고, 아 참! 호주에 사시는 막내 아드님네도 별고 없으시죠? 명절 같은 때는 특별히 보고 싶으시겠어요. 듣자 하니 손자 손녀가 그렇게 영리하고 공부를 잘한다고 하던데…….

한집에 살면서도 아주머니 뵙기가 힘드네요. 여전하시죠? 그러고 보니 제가 이 집에 온 지도 벌써 10년이 지났네요. 세월이 유수 같다더니 그게 빈말이 아니더라고요. 어느새 10년이라니! 제가 주인님을

똑똑한 손자와 팔불출 할아버지

처음 뵈었을 때 일이 저는 엊그제 일 같이 생생하답니다. 물론 주인님은 어떠신지 모르겠지만.

교직에서 명퇴하시고 서울에 사시다가 연만하신 어머님이 중풍으로 쓰러지시는 바람에, 맏이이신 주인님이 본의 아니게 귀향해서 시골 생활을 하게 되었다고 하던데 여러 가지 어려움이 많으셨겠죠? 내가 주인님 댁에 온 것이 아마 주인님이 시골 생활을 시작하신 지 1년이 채 못 되어서일 겁니다.

대강은 알고 계시겠지만 저는 아파트에서 참 분에 넘치는 호사를 누리며 살았는데, 제 몸이 점점 커지자 저 때문에 식구들 사이에 갈등이 생기게 되었지요. 아저씨, 아주머니, 그리고 대학생인 큰아드님은 나를 더는 아파트에서 기를 수 없다며 내보내야 하지 않겠느냐는 쪽이었고, 나를 애초에 이 아파트로 데려온 고등학생 따님만이 절대 나를 내보낼 수 없다며, 만일 나를 기어이 내보낸다면 자기도 집을 나가겠다고 단호하게 으름장을 놓았지만, 결국 나는 아파트 생활을 청산하고 어느 시골로 갈 거라고 했지요.

그렇게 단호하던 따님이 양보, 아니 설득당해서 마지못해서이긴 하겠지만 나를 보내게 된 것은 아마 나름의 어떤 보장을 약속받았기 때문이었겠지요? 내가 갈 곳은 이 집 아주머니의 친정집, 즉 따님의 외가라고 하더군요. 조용하고 아름다운 농촌. 가족들도 온화하고 내가 살기는 아파트보다 더 좋을 거라 하더군요.

어쨌든 이렇게 해서 나는 주인님 집으로 오게 된 것이지요. 처음에는 물론 불안하고 두렵기도 했지만 한편, 농촌이라니 마음껏 대지 위를 뛰어다닐 수도 있고 좋겠구나 기대도 했었지요. 한데 내 기대는 완전히 빗나가고 말았지요. 처음 주인님 집에 오자마자 나는 집 한쪽 구석에 내 집이라고 새로 장만한 조그마한 집에 쇠말뚝을 박고 1.5m 안팎의 쇠줄에 묶이는 신세가 되고 말았으니 말입니다.

내가 활동할 수 있는 범위란 고작 쇠말뚝을 중심으로 1.5m 주위. 정말이지 나는 대문간도 한번 나가 보지 못했습니다. 자연경관이 어떠한지, 농촌 실정이 어떠한지, 궁금하기만 할 뿐 내 시야는 극히 제한되어 있었습니다. 아파트에 살 때가 오히려 훨씬 자유로웠고 활동 범위도 넓었습니다.

그러나 어쩌겠습니까. 다 내 운명이려니 해야지. 주인님! 나를 떼어 놓고 돌아서며 눈물을 보이던 고등학교 여학생을 생각할 때마다 나는 가슴이 꽉 막힌답니다. 나를 그렇게도 끔찍하게 귀여워해 줬는데…….

나는 자유만 없을 뿐, 의식주는 별문제가 없습니다. 물론 아파트에 살 때처럼 특별한 별식을 얻어먹는다든지 일주일이 멀다 하고 청결하게 목욕을 한다든지 하는 일은 없지만 말입니다. 하지만 아무리 호의호식한들 그게 무슨 소용이 있겠습니까? 꼼짝 못 하게 묶여서 매일 매일을 보내야 하는 그 고통. 주인님은 한 번이라도 상상해 보셨습니까?

몸뚱이가 안 아픈 곳이 없고, 먹는 것도 부실한데 운동 부족으로 비만이 오고, 게다가 나이가 많아지니 세상만사가 다 귀찮을 뿐입니다. 처음에는 줄이라도 풀어 보려고 밤낮으로 발버둥도 쳐 보고, 주는 사료도 발로 차 엎어 버리고, 물그릇도 한 모금도 마시지 않은 채 쏟아 버리는 등 반항도 해 보았지만, 다 부질없는 일. 그때만 해도 젊은 혈기였나 봅니다.

언젠가 한번은 목줄이 어떻게 풀려서 나는 이때다 하고 뛰쳐나가 건넛집으로 달려갔지요. 가끔 짖는 소리가 어렴풋이 들려서 '아 저기도 동족이 살고 있구나!' 했을 뿐, 어떻게 생긴 친구인지, 남자인지 여자인지도 모르고 꼭 한번 만나 봤으면 하던 참이었는데…….
헐레벌떡 달려간 나는 딱 멈춰 섰지요. 그 친구도 나와 같이 단단한 쇠줄에 묶여 있는 신세더라고요. 몸집도 나와 비슷한 아리따운 처녀더라고요. 나는 온몸이 오그라드는 듯, 생전 처음 대면하는 이성 친구에게 무슨 말을 하며 또 어떻게 처신해야 할까 난감하기만 하더라고요. 왜 갑자기 눈물은 그렇게 쏟아지는지……. 나는 미친 듯 달려들어 끌어안고 눈물만 펑펑 쏟았을 뿐 아무 말도 하지 못했지요.
아! 그런데 어떻게 아셨는지 금방 쇠줄을 들고 쫓아오신 주인님은, 잠시만 시간을 달라는 나의 그 애절한 호소에도 불고하고 매정하게 내 목에 목줄을 씌우고는, 그렇게 발버둥치는 나를 질질 끌고 가 버리시더군요. 나는 정말 주인님이 얼마나 원망스러웠는지 모릅니다. 잠시만 말미를 주었어도 무슨 말이건 한마디라도 하는 건데…….
이게 현실이 아니고 꿈이 아니었나 할 정도로 그 시간이 내게는 찰나에 불과했나 봅니다. 나는 내 마음을 추스르는 데 오랜 시간이 걸렸습니다. 지금도 그때 일만 생각하면 정신을 잃을 지경이랍니다. 그때부터 내 마음속에는 알 수 없는 무슨 병이 생겼나 봅니다. 그리고 시도 때도 없이 무슨 놈의 눈물은 그리 흔한지. 이게 다 나이 탓만은 아니겠지요?

　주인님, 듣기 싫으시죠? 죄송합니다. 좋지도 않은 이야기를 이렇게 길게 늘어놓아서. 하지만 조금만 참으시고 제 이야기를 끝까지 들어주셔요. 제가 누구에게 가슴속 응어리진 이야기를 할 수 있겠습니까. 그래도 주인님밖에 없다는 걸 잘 알고 있기 때문에 이렇게 하소연을 하는 것입니다. 이왕 이야기가 나온 김에 앞으로 이런 기회는 또 없을 것도 같고 해서 아주 다 털어놓겠습니다.

　주인님, 주인님은 내가 이 집에 온 후 오늘까지 제 끼니를 챙겨 주시느라 참 수고를 많이 하셨습니다. 내 어찌 그 은혜를 모르겠습니까. 하지만 섭섭했던 때가 어찌 없었겠습니까.

　3년 전부터인가 주인님 양주 분은 서울 가서 머무시는 날이 많으셨지요. 듣자 하니 손자를 보러 가신다고 하더군요. 매주일 반은 여기 계시고 반은 손자를 보기 위해 가 계시더군요. 서울에 다녀오실 때마다 시골에서는 구경하기 힘든 간식거리들. 갈비뼈, 빵, 햄, 피자 먹던 것, 음식 찌꺼기 등을 갖다 주셔서 잘 먹기도 했습니다.

　한데, 서울 가실 때 주인님은 내 끼니를 걱정하셔서 3~4일 먹을 양의 사료와 물을 충분히 준비해 주고 가셨지요. 그런데 언젠가는 비가 오는 바람에 밥통에 물이 가득 고여서 사료가 퉁퉁 불어 도저히 먹을 수 없게 되더라고요. 해서 사흘을 쫄쫄 굶은 적도 있었답니다. 하지만 그건 아무것도 아니었다고요. 배고픔보다 더 참기 어려운 괴로움이 무엇인지 주인님은 아십니까?

　작년 여름, 얼마나 더웠습니까. 주인님이 서울 가시면서 준비해 주

똑똑한 손자와 팔불출 할아버지

신 물을 잘못해서 그만 모두 엎질렀습니다. 가만히 있어도 숨이 턱턱 막히는 찜통더위. 5일 동안 나는 물 한 모금 먹지 못하고 갈증을 이기지 못해 거의 실신 지경에 이르렀지요. 3일 아니면 늦어도 4일 안에는 오시던 주인님이 그때는 5일 만에 오셨거든요. 겨울에는 눈이라도 집어 먹고 꽁꽁 언 물그릇의 얼음을 혀로 핥기라도 해서 갈증을 달래본다지만 이때는 정말 속수무책이더라고요.

주인님, 죄송합니다. 하다 보니 별 이야기를 다 하게 되는군요. 이렇게 들어주셔서 정말 고맙습니다. 내 가슴 속이 그래도 조금은 후련해졌습니다.”

명군의 하소연을 들은 지 한 달쯤 후다. 그렇게 매섭게 춥기만 하던 추위도 계절 앞엔 어쩔 수 없는 듯 한풀 꺾이고, 한낮엔 제법 따사롭게 느껴지던 날, 아내는 아들네 냉장고 대청소를 했다나. 여느 때보다 훨씬 많은 명군의 간식거리를 싸들고 우리는 사흘 만에 시골집에를 왔다. 명군에게 줄 음식 봉투를 들고 명군집 앞에 이른 나는 심상찮은 분위기가 곧 감지됐다. 한발 다가선 나는 그 자리에 딱 발이 붙고 말았다. 명군의 목사리가 확대되어 눈앞에 다가오는 것이었다.

모로 누워서 네 다리를 쭉 뻗은 채 명군은 이미 싸늘한 시신으로 변해 있었다. 게슴츠레한 눈은 감지도 못하고 반은 뜬 채. 나는 쪼그리고 앉아서 명군의 사지를 만져 보았다. 이미 뻣뻣하게 굳어 있었다. 나는 눈을 쓸어내려 가까스로 감기었다. 그리고 도도하게 그의 목을 감고 있던 가죽 목사리를 벗겨 냈다.

그러고 보니 달포 전 그가 침통한 표정으로 내게 풀어 놨던 그 속마음이 어쩌면 이런 일이 있을 것을 미리 예고한 어떤 암시가 아니었을까?

그렇게 절실했을지도 모를 그의 이야기를 나는 그냥 대수롭지 않게 듣고, 그 후로도 너무 무심하게 대한 것은 아니었을까? 어쩐지 나는 명군에게 씻지 못할 큰 죄를 지은 듯 마음이 무겁고 답답하기만 했다. 나는 속죄하는 마음으로 그의 시신을 수습해서 뒤꼍 감나무 아래 고이 묻어 주었다. 나는 그걸 수목장이라 생각했다.

멀리 산에 묻는 것보다 시신이나마 가까이 두고 생전에 목말라 했던 그에게 다시는 그런 끔찍한 일이 일어나지 않기를 빌며, 만일 윤회설이 사실이라서 다시 그가 무엇으로건 환생한다면 그때는 나 같은 모진 사람을 만나지 말고, 다정하고 다감한 좋은 사람을 만나 복된 삶을 누리라고 진심으로 합장하는 바다.

오늘따라 봄기운이 완연하다. 멀리 보이는 나뭇가지에 한결 푸른 기운이 감돈다. 한데 내 마음은 왜 이렇게 허전하기만 할까!

똑똑한 손자와 탈불출 할아버지

막내 한의에게 띄우는 편지

막내 한의야!

어느덧 한 해가 후딱 지나고 새해가 되었구나.

너희가 보낸 카드 잘 받았다. 다사다난한 한 해였다고 했는데, 정말 너희에게는 다사다난한 한 해였을 거라는 생각이 든다. 여러 가지 어려움을 이겨 내느라 먼 이국땅에서 얼마나 힘들었을까? 얼마나 답답했을까? 얼마나 외로웠을까? 너희들만 생각하면 아버지 어머니는 늘 가슴이 짠하단다.

한의야! 너는 때로는 막내티도 냈지만 어릴 때부터 딸이 없는 우리 집에 딸 같은 존재였다. 너는 기억할는지 모르지만, 네가 어릴 때 우리 집에 엄마 친구나 아버지 친구들이 찾아오면 슬며시 나가서 커피를 타 올 줄도 알고, 내가 힘들어할라치면 달려들어 팔다리도 주물러 주곤 하던 그런 살가운 막내였단다.

우리 4부자가 한 학교에 다닐 때 큰형은 고3, 둘째 형은 고1, 너는 중1, 아버지는 그 학교 선생으로 근무할 때 말이다. 그때는 선생님들이 다 도시락을 싸 가지고 다녔는데 아버지 도시락은 두 형들이 아닌 어린 네가 꼭 가져다주곤 했었지. 교무실에 들어오는 게 죽기보다 싫었을 텐데 쟁쟁거리던 네 마음은 추호도 헤아리지 않고 그 일을 시킨 것이 지금 생각하니 참 미안하구나.

결혼을 하자마자 너희가 호주로 이민을 가겠다고 했을 때는 정말 뭐라 표현할 수 없었다. 어찌해야 하나. 그렇다고 말릴 수도 없는 일. 마치 어린애를 물가로 보내는 심정이었단다.
그런 너희가 호주에 이민 가서 바로 자리를 잡고 지혜롭게 살아가는 것을 보고 얼마나 고맙고 감사하게 생각했는지 모른다. 게다가 얼마 되지 않아서 집까지 크게 잘 짓고 의욕적으로 활기차게 살아가는 것을 보고 와서는 얼마나 대견하고 자랑스러웠는지.

그렇던 너희가 고전을 겪는 것을 뻔히 알면서도 조금도 도움을 주지 못했으니 그저 안타깝고 답답하기만 했단다. 하는 일이 여의치 않아서 마음고생인들 오죽했을까. 그렇다고 그런 내색 한번 보이지 않고 언제나 웃는 낯으로 용기를 잃지 않은 네가 얼마나 미더웠는지 모른단다. 좌절하거나 위축됨이 없이 꿋꿋하게 현실을 헤쳐나가는 너를 나는 믿는다.
당장은 경제적으로 좀 어려움이 있더라도 그것을 능히 극복할 수 있는 능력이 너에게는 있다고 나는 확신한다. 너에게는 지혜로운 아

똑똑한 손자와 팔불출 할아버지

내, 자랑스러운 딸과 아들들이 있지 않으냐. 서로 지혜를 모으고 기쁨을 나눌 수 있는 사랑스런 가족이 있다는 게 얼마나 축복받은 일이냐.

엄마와 나는 늘 이런 이야기를 한단다. 우리같이 인복이 많은 사람도 없을 거라고. 아들들이야 일러 무엇하랴만 세 며느리들이 하나같이 착하고 현명해서 가정을 화목하게 잘 이끌어 가니, 그런 복이 또 어디 있겠니?

특히 진주 어미는 자식들 교육을 지혜롭게 참 잘 시켜서 그게 얼마나 고마운지 모르겠다. 어려서 이민 간 아이들이 우리말을 다 잊어서 오랜만에 만난 할머니 할아버지와 말 한마디 나누지 못하고 그저 멀뚱멀뚱 바라만 봤다는 이야기를 듣고, 우리도 그 짝이 나지 않을까 한걱정을 했는데 그게 한낱 기우였더구나.

그곳에서 태어난 우리 손녀 손자들이 한국에서 태어나 자란 애들보다 우리말을 더 잘하고 우리글을 더 잘 쓴다니, 이 얼마나 고맙고 대견스러운지 모르겠다. 게다가 학교에 다니는 남매 진주 진호는 나란히 장학금도 받고 전교에서 두각을 나타낸다니, 이 어찌 자랑스럽고 경사스러운 일이 아니겠느냐! 물론 그렇게 되기까지는 어린 것들의 피나는 노력도 있었겠지만, 그 뒤에는 항상 어미의 정성어린 손길이 함께 있었음을 내 어찌 모르겠느냐.

한의야!

나도 어느새 80이 불원하구나. 마음만은 지금도 30대 같은데 벌써 죽음을 생각할 노인이 되었다니. 60대 때는 시간이 60㎞로 달리고,

70대 때는 70km로 달린다더니 점점 가속이 붙어서 세월이 참 빨리만 흐르는구나.

긴긴 겨울밤. 잠은 오지 않고 혼자 일어나 앉아서 쓸데없는 상념에 잠길 때가 많단다. 어느 자식이 더 소중하고 어느 자식이 더 애틋할까마는 너는 막내인 데다 자주 볼 수 없는 먼 곳에 떨어져 있으니 유독 마음이 쓰이는구나. 어떤 때는 간절하게 보고 싶은 생각에 앨범을 펴놓고 하염없이 너희들 사진만 들여다보고 있을 때도 있단다.

참, 진후가 뭐라고 하는 줄 아니?

식탁에 앉아 밥을 먹을 때 어미가 "우리 진후 기도해야지." 하면 눈을 감은 채 두 손을 모으고 "하나님, 오늘도 맛있는 음식을 주셔서 감사합니다. 아빠, 엄마, 하무니, 하부지 건강하게 해 주시고 하무니 하부지 교회에 나가서 구원받게 해 주십쇼." 한다.

이게 다 제 어미의 사주를 받고 나불대는 기도일시 분명한데, 이렇게까지 어린 것을 앞세워서 교회에 나가도록 압력을 가하지만, 그렇다고 선뜻 교회에 나갈 마음은 들지 않는다. 비록 교회는 나가지 않지만 너희들을 위한 기도는 언제 어디서나 항상 하고 있단다.

너희 집을 다녀온 지도 꽤 오래되었고 이사도 하고 했으니 벌써 가 봤어야 했을 텐데 그렇지를 못했구나. 하루에도 몇 번씩 당장 달려가고 싶은 생각은 간절하단다.

어쨌거나 금년에는 우리 가족 모두 건강하고 청마같이 힘차게 달려서 하고자 하는 일이 술술 잘 풀리는 한 해가 되기를 기원하며 하루

똑똑한 손자와 탈불출 할아버지

빨리 만날 날을 기대하련다. 몸 건강히 잘들 있어라.

2014. 1. 10.

고국에서 아버지가

잔인한 2015년

2015년 1월 1일.

호주에 이민을 가 사는 막내 아들네 가족만 빠지고 큰아들네, 둘째 아들네 식구들이 모두 모였다. 이렇게 양력 1월 1일에 온 가족이 모이는 것은 예외였다. 우리는 매년 설날에나 온 가족이 우리가 사는 시골 고향에 모여 차례도 지내고 함께 지내지, 양력 초하룻날은 그냥 무심히 지내는 터였다.

한데 금년에는 미리 양력 1월 1일 두 아들네가 온다고 통보를 해왔던 것이다. 해서 쉬는 날이니 다 같이 모여서 즐기려나 보다 하고 무심히 여겼었다. 두 아들네는 갈비, 새우 등 여러 가지 맛있는 부식거리를 푸짐하게 준비해 왔다. 특히 얼큰하게 끓인 물메기 매운탕은 단연 일품이었다.

똑똑한 손자와 팔불출 할아버지

절간같이 조용하던 집안이 손자들이 오니 떠들썩하고 사람 사는 집 같았다. 맛있게 아침을 먹고 난 후 커피를 한 잔씩 받아들었을 때다. 둘째 아들이 지나가는 말같이

"한의가 몸이 좀 좋지 않은가 봐요."

호주에 사는 막내아들 얘기다. 아내와 나는 건성으로 들었다. 막내는 몇 년 전 허리가 시원치 않아서 고생을 했는데 지금은 괜찮은 것으로 알고 있었다.

"아니, 허리가 또 시원찮대?"

아내의 물음엔 대꾸를 않고

"아니, 뭐 너무 걱정하실 건 없고 치료를 잘 받아서 괜찮대요."

퍼뜩 심상치 않은 분위기가 감지됐다.

"아니, 어디가 아프대?"

다그쳐 묻는 말에 우물우물하는데, 큰며느리가 나와 아내 앞에 박카스 병 같은 것을 밀어 놓으며 마시라고 했다. 그때까지도 우리 내외는 전혀 감을 잡지 못했다. 우황청심환을 받고서야 갑자기 눈앞이 노래지는 것 같았다. 알지 못할 불안감이 가슴을 꽉 누르는 듯 숨을 쉴 수가 없었다.

막내가 폐암 말기로 투병중이라는 청천 벽력같은 이야기였다.

"뭐? 무엇이 어떻다고? 이게 무슨 소리?"

그저 멍할 뿐 아무 생각도 없었다. 저희 형제들 간에는 이미 내통이 있었던 모양. 벌써 3개월이 지났단다. 그동안 3차까지 항암치료를 받았고 많이 좋아졌다고 했다. 부모님께는 비밀로 하고 차차 보아가며 적당한 시기에 통보하기로 저희들끼리는 약속을 했다가 작심하

고 그것을 알리려고 이렇게 날을 잡아 모이기로 했던 모양이다.

'아니, 그런 일을 숨기다니! 숨길 게 따로 있지.'

나는 화가 치밀었다. 그렇다고 즉시 알렸던들 내게 무슨 뾰족한 수가 있는 것도 아니련만.

도저히 배길 수가 없었다. 아내는 눈이 짓무를 정도로 밤낮없이 눈물을 쏟으며 어찌할 바를 몰라 했다. 축 늘어져서 사경을 헤매는 그놈을 생각하면 가슴이 꽉 막히고 숨도 제대로 쉴 수가 없었다.

대학 1학년 때 군에 다녀온 막내는 복학하지 않고 호주로 유학을 갔다. 같은 유학생과 연애결혼을 하고 결혼하자마자 바로 이민을 갔다. 골드코스트에서 관광가이드를 2년쯤 했나.

컴퓨터를 전공한 막내는 pc방 겸 컴퓨터가게를 차렸다. 컴퓨터를 조립해서 팔기도 하고 출장수리도 하고 늘 바빴다. 어린애만 같던 막내가 외국 사람들 틈에서 그들을 상대로 돈을 벌다니 대견하고 자랑스러웠다.

첫딸 진주를 낳고 조그마한 집도 장만했다. 진주라는 손녀 이름은 내가 지은 것이다. 여자애는 굳이 돌림자를 쓸 필요는 없지만, 그래도 같은 값이면 돌림자를 쓰는 것이 어떨까 해서 진(鎭)자 돌림에서 음을 따서 '진(眞)'. 주는 호주에서 낳았다고 호주(濠洲)할 때 쓰는 주(洲)에서 음을 따 '주(珠)' 해서 진주(眞珠)라고 했다니까 막내 내외도 대만족이었다.

아들 형제를 더 낳고, 호주 시민권도 얻고 행복하게 재미있게 잘 살았다. 우리는 호주를 자주 갔고 내가 직장을 명퇴한 후에는 한번

똑똑한 손자와 탈불출 할아버지

가면 3개월 어떤 때는 6개월씩도 있다 오곤 했다. 인터넷으로 하루가 멀다 하고 화상전화를 하고 한번 전화기를 들면 한 시간씩 수다를 떨기도 했다.

국제전화를 이렇게 오래 하면 그 요금을 어찌 감당할 거냐고 내가 걱정을 하면, 그런 걱정은 안 하셔도 된다고 했다. 다 공짜로 하는 것이란다. "내가 누구요? 명색이 컴퓨터 기술잔데 그런 것 하나 해결하지 못하겠느냐?"는 거다.

한번은 갔더니 집을 짓는다고 땅을 사 놨다고 했다. 사방이 훤히 내려다보이는 고지대. 이제 집이 드문드문 들어서기 시작하는 고급 주택지였다. 기존의 주택들을 보니 모두 대지도 넓고 건물도 거대해서 대저택이었다. 한결같이 2층으로 집집마다 수영장도 딸려 있었다.

막내 내외는 의욕에 차 있었고 활기가 넘쳤다. 대지를 몇 번 가 봤다. 건축이 시작되자 사흘돌이로 우리를 데리고 가서 건축 현장을 구경시켰다.

새집으로 이사한 다음 해 아내와 나는 호주에 갔다. 새집도 궁금했고 새로 태어난 셋째 손자도 보고 싶었다. 물론 화상으로는 수없이 보아 왔지만. 안팎으로 널찍널찍한 새집. 특히 2층 베란다는 전망이 그만이었다. 저 아래로 훤히 내려다보이는 숲과 어우러진 주택들. 그 끝으로 아스라이 바라보이는 푸른 바다.

새로 지은 집이라 미처 정리되지 않은 곳이 많았고 내 손길을 기다리는 부분도 많았다. 나는 정말 하나도 힘든 줄 모르고 하루하루가 바쁘기 짝이 없었다. 정원수들을 보충해서 심고 마음에 들지 않는 것들은 다른 곳으로 옮긴다든지 교체하기도 하고 울타리를 치지 않은 큰길 쪽에는 나무를 사다 심었다. 나뭇값도 수월찮았지만 돌밭에 구덩이를 파는 일이 그렇게 만만한 게 아니었다. 한두 개도 아닌 수십 개를. 구덩이를 파고 거름을 사다 넣고. 그때는 또 왜 그렇게 가물었는지 물도 마음대로 쓸 수 없어서 세차도 못 하는 그런 판국이었는데 나무 심은 구덩이에 물을 줄 수가 없어서 밤중에 몰래 물을 퍼다 붓고는 불안해하곤 했었다.

앞뒤 베란다 바닥에 니스를 칠하고, 일주일이 멀다하고 잔디도 깎아야 하고 참 할 일도 많고 바빴지만 하나도 힘든 줄 모르고 뿌듯하고 즐겁기만 했었는데…….

가게를 옮긴다고 했다. 협소하기도 하려니와 세를 턱없이 올린다는 것이다. 브리스번으로 옮겼다. 새로운 건물이라 깨끗하고 먼저 가게보다 배 이상 넓었다. 하지만 예상이 빗나간 듯 가게 운영이 여의치 않았던 모양이다. 게다가 골드코스트에서 브리스번까지 출퇴근하는 것도 정말 참기 어려울 만큼 힘들었던 것 같다.

집을 내놓았다고 했다. 그런데 부동산 경기 침체로 작자가 나타나지 않았다. 원래 집은 지어서 팔기로 했던 것이다. 해서 좀 무리를 했던 모양. 수입은 시원찮고 이자도 만만찮고 집은 팔리지 않고 2년 여를 속을 끓인 모양.

똑똑한 손자와 팔불출 할아버지

그러니 그동안 마음고생인들 오죽했을까!

전화로 그래 어떻게 지내느냐고 할라치면 항상 웃는 낯으로 괜찮다고 아주 잘 산다고 아무 걱정 말라고 늘 말하곤 했는데 지금 생각하니 그게 다 우리를 안심시키려 한 거짓이었다니. 오죽했으면 폐암이란 몹쓸 병에 걸렸을까? 술 담배는 입에 대지도 않던 막내가 폐암이라니!

얼마나 스트레스를 많이 받았으면 그런 못된 병이 왔을까? 누구 하나 속내를 터놓고 의논조차 할 수 없는 이국땅에서 얼마나 속을 끓였을까? 생각하면 가슴이 찢어지는 듯 저려올 뿐이다.

빨리 가서 내 눈으로 확인하기 전에는 도저히 믿을 수가 없었다. 비행기 표를 예매해 놓고 기다리는 하루하루가 왜 그렇게 길기만 한지

영결식 기도문

저는 오늘 사랑하는 막내아들 홍한의 집사를 마지막 작별하기 위해 이 자리에 왔습니다.

지난 1월 초, 한의가 폐암 말기로 투병 중이라는 소식을 늦게야 듣고 처음에는 그게 무슨 소린가 했습니다. 폐암이라니? 아니야. 뭐가 잘못된 것일 거야. 그럴 리가 없어. 담배를 입에 대지도 않던 그가 폐암이라니. 나는 도저히 수긍할 수가 없었습니다.

서울에 사는 두 아들은 서로 내통을 하여 처음부터 알고 있었으면서 부모님이 아시면 충격으로 쓰러지신다며 우리에게만은 감쪽같이 속여 왔던 것입니다. 벌써 3개월이 지났고 3차 항암치료를 끝냈다는 것입니다. 두 아들들은 염려하시지 않아도 된다고 했습니다. 한의도, 며느리 유경도, 항암치료를 잘 받아서 괜찮다고 아무 걱정하시지 말라고 했습니다. 하지만 불안하고 초조해서 도저히 배길 수가 없

똑똑한 손자와 팔불출 할아버지

었습니다. 아내는 계속 징징거리며 눈물을 흘렸습니다.

서둘러 막내가 사는 호주에 달려왔습니다. 막내아들 내외를 대하는 순간! 아내와 나는 아무 말도 못 하고 눈물만 펑펑 쏟았습니다. 박박 깎은 머리, 퀭한 눈, 시커먼 얼굴, 삐쩍 마른 막내의 몰골은 차마 볼 수가 없었습니다. 그 잘생겼던 우리 막내의 모습이 언제 이리 망가졌단 말인가! 옆에 서 있는 며느리 유경의 모습도 말이 아니었습니다.

하지만 한의 내외는 좌절하지 않고 열심히 기도하며 암과의 사투를 벌였습니다. 많은 분들이 두 사람을 위하여 진정으로 기도해 주셨습니다. 골드코스트 비전 장로교회 윤명훈 목사님, 그리고 여러 성도님들의 간절한 기도를 어찌 잊겠습니까. 릴레이로 금식기도까지 해 주시는가 하면, 투병을 돕겠다고 고기며 생선이며 각종 보양식이며 암에 좋다는 먹거리를 사 나르시는 교우 여러분들의 그 지극한 정성에 저는 눈물을 흘렸습니다. 어느 일가친척이 이보다 더 지극할 수 있겠습니까? 이런 정성에 보답하기 위해서라도 나는 한의가 용감하게 암을 이겨 내리라 믿었습니다. 그리고 다짐했습니다. 꼭 그들에게 보답하리고.

하지만 나날이 기력이 떨어지는 그의 모습을 지켜보는 우리들은 정말 가슴이 찢어지는 듯 아팠습니다. 육체적인 고통도 고통이지만, 그의 정신적인 고통을 우리는 생각하기조차 끔찍했습니다. 그렇게 괴롭고 어려움을 이겨 내면서도 어머니 아버지에게 맛있는 것 사 주겠다며 손수 운전대를 잡고 멀리 브리스번까지 가서 순대를 먹고 오기도 했습니다. 우리 내외는 속으로 눈물을 삼키며 순대를 꾸역꾸역 먹었답니다. 채소를 마음껏 먹을 수 있다며 씨즐러에도 몇 번을 갔고

맛집이라며 돼지갈비 잘하는 집에도 두 번이나 갔었답니다.

하지만 우리가 호주에 온 지 한 달이 조금 지난 3월 6일, 한의는 우리 곁을 훌쩍 떠나고 말았습니다. 하나님! 무엇이 그리 급해서 우리 한의 그렇게 일찍 데려가셨습니까? 자식을 앞세운 부모의 참담한 마음을 헤아려 보셨습니까? 남편과 이별한 젊은 아내의 비통한 가슴을 상상해 보셨습니까? 아빠 잃은 어린 세 자녀의 처절한 울부짖음을 들으셨습니까? 야속하고 원망스러울 뿐입니다. 그러나 그것이 진정 하나님의 뜻이라면 우리는 다음을 기약하며 오늘의 슬픔을 참겠습니다.

한의야! 너무도 무심하고, 너무도 매정하고, 너무도 야속하기만 하구나. 그렇게 사랑하던 아내를 두고 그렇게 끔찍하게 생각하던 어린 자식들을 두고 어찌 그리 매정하게 떠났단 말이냐? 하지만 어쩌랴. 그것이 진정 하나님의 뜻이라니. 부디 이 세상 온갖 근심, 걱정, 괴로움 다 털어 버리고 하늘나라에서 영생하여라. 그리고 네가 두고 떠난 너의 가족 하늘나라에서 살아 있을 때보다 백배 천배 더 잘 보살피고 그들이 가는 길, 환하게 밝혀 주리라 믿는다.

하나님! 하나님께서도 늘 그들과 함께하시고 그들이 하는 일이 모두 하나님의 뜻 가운데서 이루어질 수 있도록 성령으로 인도하여 주시옵소서. 그리고 오늘 모든 일정도 원만하게 이루어질 수 있도록 하나님께서 주관하여 주시옵소서. 간절히 기도하옵나이다.

2015. 3. 10.
호주 Gold Coast Allambie Memorial Park에서
행한 막내아들 장례식에서 한 기도문

똑똑한 손자와 팔불출 할아버지